시라노

CYRANO
by Geraldine McCaughrean

Copyright ⓒ Geraldine McCaughrean, 2006
Korean Translation Copyright ⓒ MUNHAKDONGNE Publishing Corp., 2011
All rights reserved.

This Korean edition is published by arrangement with
Oxford Publishing Limited through Eric Yang Agency.

이 도서의 국립중앙도서관 출판예정도서목록(CIP)은
서지정보유통지원시스템 홈페이지(http://seoji.nl.go.kr)와
국가자료공동목록시스템(http://www.nl.go.kr/kolisnet)에서 이용하실 수 있습니다.
(CIP제어번호: CIP2011002439)

시라노

제럴딘 매코크런 장편소설
김진준 옮김

단 한 번이라도

절망적인 사랑에 빠져보았던

모든 이들을 위하여

문학동네

나의 첫 시라노
에드워드에게

파나슈 panache [명]. 1) 모자나 투구에 꽂는 깃털 장식.
2) 풍채, 허세, 명예, 기개.

차례

1

극장의 하룻밤

A Night at the Theatre

실낱같은 영혼이라도 가진 자라면 어찌 저 소리, 저 광경, 저 재미에 저항할 수 있으랴? 들어보라. 실크 드레스의 속삭임, 웅성거리며 입장하는 관객들, 과거의 연극을 회상하는 따분한 사람들, 곧 시작될 연극을 학수고대하는 애호가들, 화살처럼 이리저리 날아다니는 인사말과 욕설, 유혹의 몸짓, 내기를 거는 사람들, 재미없는 농담들, 각운을 맞춘 대구로 언쟁을 벌이는 시인들……

보라. 흰색과 금색으로 장식한 특등석의 저 아롱거리는 벽면, 바야흐로 수많은 촛불을 밝히고 천장을 향해 올라가는 계단형 상들리에들, 양털처럼 너울거리는 가발들과 화려하게 소용돌이치는 망토들, 검자루에 손을 얹고 뽐내며 걸어다니는 멋쟁이들,

차례차례 켜지는 각광脚光들······

느껴보라. 유쾌하게 옆구리를 찌르는 팔꿈치들, 험담꾼들이 주거니받거니 속닥거릴 때 서로 스치는 연지 바른 뺨들, 호주머니와 돈지갑을 싹둑싹둑 자르고 왜가리처럼 파고드는 소매치기들의 재빠른 손놀림. 벌써부터 많은 이들이 무슈 라그노의 크림 과자를 먹기 시작해 설탕에 번질거리는 입술이 사방에 즐비하다. 홍조나 취기, 혹은 분노 때문에 백여 개의 모자띠가 땀으로 흠뻑 젖어버리고······ 오늘밤 파리 시민이 죄다 뮈제 극장으로 몰려든 듯하다. 모든 이들이 이곳에 모였다. 다만 중요한 사람이 한 명 빠진 것 같기는 한데······

그리고 냄새를 맡아보라. 군침을 돋우는 고기 파이와 에클레어, 탁한 적포도주와 검은 담배의 향취! 톡 쏘는 오렌지 향기, 코를 찌르는 석회광*의 악취, 땀과 향수가 뒤섞인 냄새, 계피와 죄악의 냄새. 그야말로 냄새들의 향연이 벌어졌으니, 온갖 냄새가 앞을 다투어 수백 개의 코를······

······아니, 아니다. 이러면 안 되지.

위험한 곳에 함부로 발을 들여놓지 말자. 굳이 코 문제를 들먹이지 않더라도 골칫거리가 차고 넘치는 세상이니까.

---

* 석회 막대기를 태울 때 발생하는 강렬한 백광. 무대 조명으로 사용되었다.

막이 오른다. 적막이 흐른다. 오늘밤의 주인공은 바로 거대한 몸집의 몽플뢰리다! 비록 곰처럼 비대하고 재능이라고는 눈곱만큼도 없지만 대단히, 정말 대단히 유명하다. 어차피 배우에게 중요한 것은 명성 아니던가? 관객들이 요란한 환호성을 터뜨린다.

위대한 몽플뢰리가 대사를 미처 세 줄도 다 읊기 전에 객석에서 몽플뢰리보다도 우렁찬 목소리가 터져나왔다.

"뭐야? 오늘밤에도 저 물건이 또 나온 거야?"

관객들이 홍해처럼 쩍 갈라진 자리에 그가 우뚝 서 있다. 역시 시라노도 이곳에 와 있었다.

"몽플뢰리, 내가 너한테 두 번 다시 무대를 밟지 말라고 경고했을 텐데! 가다라의 돼지 떼* 이후로 너처럼 엄청난 살덩어리는 처음 본다. 자, 착하지? 그 뒤룩뒤룩한 삼겹살로 무대를 더럽히지 말고 썩 꺼져버려!"

소동이 벌어졌다. 관객의 절반은 연극을 못 보게 될까봐 빈정거리거나 투덜거렸다. 그러나 나머지는 시라노가 엉터리 연기를

---

* 예수가 가다라 지방에서 귀신 들린 자들을 고치기 위해 귀신들을 돼지 떼 속에 몰아넣자 그 돼지들이 일제히 바다로 뛰어들었다는 일화에 대한 언급.

질타하는 모습을 지켜보는 것만으로도 충분히 즐거워했다. 몽플뢰리는 어마어마한 거구고 시라노는 그레이하운드처럼 깡말랐지만 유명하기로 따지자면 시라노 드 베르주라크가 훨씬 더 거물이다. 전설적 인물이라고 해도 좋을 정도였다.

몽플뢰리가 두 팔을 내저으며 다시 연기를 시작하려 했지만 소용없는 짓이었다.

"너 같은 놈이 무슨 배우냐? 〈맥베스〉에 나오는 버넘 숲의 나무들도 너처럼 뻣뻣하진 않더라! 네 발로 걸어서 무대에서 내려올래, 아니면 내가 통나무처럼 토막토막 잘라서 **홀라당** 태워버릴까?"

그러자 몽플뢰리의 대사는 마치 하수구로 빨려드는 물처럼 꾸르륵거리며 목구멍 속으로 도로 기어들어갔다. 그는 시라노의 모자에 꽂힌 하얀 파나슈가 각광의 연기 속에 둥실둥실 떠 있는 것을 보았다. 몽플뢰리의 짧고 뚱뚱한 두 다리가 주인에게 어서 도망치자고 재촉했다.

관객은 두 패로 갈렸다.

"연극을 계속해라!"

"말 한번 잘했다, 시라노!"

"끝까지 버텨라, 몽플뢰리!"

"본때를 보여줘라, 시라노!"

그러나 다른 배우들은 이해득실을 따지며 아우성쳤다.

"우리가 공연을 중단하고 집으로 가면 누가 돈을 줍니까?"

그들은 비곗덩어리 몽플뢰리가 종이처럼 얇게 저며지든 말든 아랑곳하지 않았지만 하룻밤의 출연료를 잃는다는 것은 감당할 수 없는 손실이었기 때문이다.

그때 시라노가 제왕처럼 우아한 동작으로 망토를 홱 젖히고 허리춤으로 손을 내리더니……

"시라노가 칼을 뽑는다!"

……불룩한 돈주머니를 꺼내들었다. 그는 그것을 무대 위로 내던졌고, 마룻바닥에 떨어진 돈주머니가 화려하게 탁 터지자 금화가 좌르르 쏟아졌다. 배우들이 그 돈을 줍느라 이리저리 몸을 던지며 한바탕 곡예를 펼쳤다. 객석에서 폭소와 박수갈채가 터져나왔다. 비록 연극은 볼장 다 봤지만 어처구니가 없을 만큼 위풍당당한 시라노의 행동은 관객들을 단숨에 사로잡았다. 시라노처럼 기막힌 바보가 어디 있으랴! 이 얼마나 멋들어진 장면이냐!

배짱 한번 좋구나!

그러나 그곳에서 가까운 어느 특등석에서는 검은 장갑을 낀 손가락들이 몹시 짜증스러운 듯이 난간을 톡톡톡 두드리고 있었다. 드 기슈 백작은 따분해서 도저히 못 참겠다는 듯 우아하게 하품을 하며 이렇게 말했다.

"저 떠버리 녀석, 정말 성가시구나. 어떻게 좀 해봐라."

그러자 그의 수행원 하나가 특등석을 빠져나가 아래층 객석으로 향했다.

시라노는 실력 없는 배우들을 큰 양동이에 처박아 익사시켜야 하는 이유를 조목조목 짚어가며 시로 읊기 시작했다. 그러나그가 입을 열기 무섭게 어디선가 조롱과 비웃음이 가득한 야유가 들려왔다.

"이건 또 뭐야? 저 **코쟁이** 양반이 또 주제넘게 아무 데나 **코**를들이미셨군?"

그러자 경악한 군중이 숨을 헉 들이마셨다. 그래! 오늘의 재밋거리는 아직 끝나지 않았구나! 잔뜩 멋을 부린 젊은 자작이무대 가장자리에 몸을 기대고 서서 화려한 검의 날 끝으로 바닥에 떨어진 오렌지 껍질을 톡톡 건드리며 능글맞게 웃고 있었다.그는 킥킥거리며 이렇게 덧붙였다.

"게다가 저렇게 꼴사나운 코를."

시라노의 두 뺨에 붉은 기운이 번져갔다. 그는 객석 쪽을 힐끔돌아보았다. 오백여 쌍의 눈동자가 그의 일거일동을 지켜보고있었다.

기나긴 침묵이 흐른 후 마침내 그 멋쟁이는 영문을 모르겠다는 듯이 눈썹을 치켜올렸다.

"자, 어쩔 거요? 뭘 그렇게 기다리쇼? 나랑 칼질 한번 안할 거요? 내가 댁의 그 큼직한 왕코를 욕했는데 말씀이야."

"어, 그랬나? 언제?"

멋쟁이는 그만 당황하고 말았다.

"내가⋯⋯"

시라노는 이렇게 핀잔을 주었다.

"그까짓 걸 욕설이랍시고 내뱉은 거야? 쯧쯧쯧. 그 정도 욕지거리는 아주 길거리에 널렸네. 이거야 원! 기왕 나를 욕할 생각이라면 좀더 멋들어지게 해보라구! 좀더 화려하게! 맙소사! 욕설의 종류도 이스라엘의 부족 종류만큼이나 다양한데 기껏 내놓는다는 게 겨우 그거야? 아무래도 내가 욕설의 예술을 좀 가르쳐줘야겠군!"

드디어 시라노의 검이 스르릉 뽑혀나왔다. 마치 뱀이 똬리를 푸는 듯한 소리였다. 구경꾼들은 달콤한 공포에 전율하며 최대한 멀리 물러났다. 아이들은 엄마의 등뒤로 몸을 숨겼고 아낙네들은 남편의 어깨 너머로 건너다보았다. 시라노의 회갈색 눈동자가 다시 이층 객석을 힐끔 쳐다보더니 검자루를 입술에 갖다대어 그곳에 앉아 있는 누군가에게 인사를 했다. 모자는 벗지 않았다. 어쩌면 새의 부리처럼 기다란 코를 모자챙으로 가려 이층에서 볼 수 없게 하려는 의도였는지도 모른다.

다음 순간 그의 검날이 번쩍 빛났다. 검날은 질주하는 마차의 바퀴살처럼 현란하게 움직였고 공격 거리는 달빛처럼 길었다. 그의 손에 쥐어진 것은 여름날의 번갯불 같았다. 그의 목소리는 차분했고 아주 가벼운 조롱기를 담고 있었다. 극장 안이 하도 고요해서 앞자리부터 이층 객석까지 모든 관객이 그의 말을 똑똑히 알아들을 수 있었다.

"첫째! 연극형 욕설이 있지. 예를 하나 들어주마. 아으, 놀라운 신세계여, 저런 코가 다 있다니!

둘째! 지리학형 욕설도 있어. 네 주위를 한 바퀴 돌려면 케이프혼*을 우회하는 것보다 오래 걸리겠구나!

셋째! 탐구형 욕설. 선생, 혹시 코 때문에 몸이 앞으로 쏠리진 않소? 아니면 장화 속에 쇳덩어리를 넣고 다니쇼?"

관객들은 왁자하게 폭소를 터뜨렸고, 멋쟁이는 이리저리 능란하게 움직이는 시라노 때문에 검을 마구 휘두르고 찔러도 계속 허공만 휘젓자 약이 올라 버럭버럭 고함을 질렀다.

"넷째! 말장난형 욕설도 있지. 시라노는 어떻게 죽을까? 칼로 코코콕 찔려 죽을걸!

---

* 남아메리카 최남단의 곶. 주변 물살이 거세어 항해하기 위험한 곳으로 유명하다.

다섯째! 설명형 욕설. 내가 맞혀볼게! 햇볕에 발이 탈까봐 코를 크게 키운 거지?

여섯째! 의학형 욕설. 선생이 감기에 걸리면 온 나라에 홍수가 날 거요!

일곱째! 성서형 욕설. 너 그거 알아? 노아의 방주가 도착한 곳은 아라라트 산이 아니었대!"

이때쯤 멋쟁이는 이미 빈정거리거나 으스대기는커녕 방어조차 제대로 못 했다. 그러다가 갑자기 허둥지둥 도망치기 시작했다. 시라노가 극장 바닥을 향해 검을 휘두를 때마다 멋쟁이는 발꿈치를 무릎보다 더 높이 들어올리며 껑충껑충 뛰었다.

"아니면 이걸 써먹는 것도 좋겠지. 여덟째! 과장형 욕설. 조심하세요! 선생이 재채기만 하면 카리브해에 떠 있는 배들이 모조리 침몰해버립니다!

아니면 아홉째! 체육형 욕설. 코 길이 덕분에 출발 신호가 떨어지기도 전에 우승할 수 있는 놈은 온 세상에 너뿐일 거다!

아니면 열째! 감상형 욕설. 아아! 정말 마음이 고우시군요. 이렇게 많은 다람쥐와 새들에게 앉을 자리를 내주시다니!

이제 마지막으로, 선의형 욕설. 혹시 검집을 잃어버리더라도 검을 꽂아둘 데가 두 군데나 있으니……"

그러면서 시라노는 손목을 살짝 젖히며 상대의 검을 후려쳐

바닥으로 날려보냈다.

"……다행이외다. 그런데 그게 뭐야! 이렇게 수준 높은 욕설 중에서 하나쯤 골라잡는 것도 못하나? 자네가 나한테 한 말은 눈을 씻고 찾아봐도 재치라고는 한 조각도 없고, 지성미라고는 한 마리도 없고, 독창성이라고는 한 숟가락도 없었다고!"

시라노는 마치 케이크에 앉은 파리를 쫓으려는 듯이 상체를 앞으로 기울였다. 젊은 자작은 눈을 질끈 감아버리고 몸을 움츠리면서 가느다란 두 팔로 온몸을 방어하려고 허둥거렸다.

"그래서 말인데, 자네만 좋다면 이 몸은 굳이 자네와 정식으로 결투를 벌일 생각이 전혀 없단 말씀이야."

그러더니 싸늘하게 덧붙였다.

"정말 부끄러워해야 할 놈은 자네를 내게 보낸 그놈이겠지."

그 말과 함께 시라노는 검을 검집에 꽂아넣었고, 멋쟁이는 여기저기 흩어진 옷쪼가리 사이에 반벌거숭이로 서서는 알아들을 수도 없는 말을 중얼거렸다. 이윽고 그는 비틀거리며 허둥지둥 길거리로 빠져나갔다. 그리고 이렇게 상처 하나 없이 목숨을 건지다니 도저히 믿을 수 없는 행운이라고 생각했다. 그래서 안도의 한숨을 내쉬며 얼굴을 문질렀고, 문득 자신의 코끝에서 흘러내린 피가 레이스 셔츠에 방울방울 떨어지는 모습을 보았다. 너무 겁에 질려 칼자국이 났는데도 미처 알아차리지 못했던 것이다.

이윽고 돌아서서 우레 같은 박수갈채를 받으며 시라노의 회갈색 눈동자는 다시 이층을 올려다보았고, 객석의 그 얼굴에 잠시 머물렀다. 젊고 아리따운 팔촌누이는 그를 나무라듯이 고개를 절레절레 흔들면서도 그의 화려하고 우스꽝스러운 극장 난투극에 빙그레 미소 지을 수밖에 없었다. 그러더니 실크 드레스를 살랑살랑 흔들며 그 자리를 떠났고, 그 순간 마치 거대한 계단형 샹들리에 하나가 외풍에 휘말려 꺼져버린 듯 실내가 조금 어두워졌다.

시라노의 친구 르 브레가 말했다.

"그래! 하룻밤 사이에 원수를 많이도 만들었구먼. 첫째, 몽플뢰리. 둘째, 극장 주인. 셋째, 자네가 걸레로 만들어버린 그 애송이 자작놈. 넷째……"

그때 시라노가 사납게 내뱉었다.

"그렇다면야 내 잔이 행복으로 넘칠 일이지! 아무튼 가는 데마다 이 시라노 드 베르주라크를 꺾어 유명해지고 싶어하는 되바라진 놈들이 느닷없이 튀어나오니 나도 어쩔 수 없잖아. 정말 지겨워 죽을 지경일세."

"시라노, 이 멍청한 친구야. 그렇게 귀족들을 난도질하며 돌아다니면 절대로 부자가 될 수 없다고. 돈 얘기가 나왔으니 말인데…… 자네가 무대 위로 던져버린 그 돈은 일 년 치 봉급이었잖아? 이젠 뭘 먹고 살 거야?"

시라노는 어깨를 으쓱했다.

"뭐 어떻게 되겠지. 가끔은 한순간이 일 년 치 봉급만큼 값진 경우도 있는 거라고! 가령 어떤 밤에는 말이야, 심장이 벌렁벌렁 뛰면서 마치 금방이라도 뛰쳐나가 달을 향해 두둥실 떠오를 듯하고……"

그러자 르 브레가 미소를 지으며 말했다.

"아! 지금 사랑의 향기가 감도는 거 맞나?"

"그런데도 자넨 내가 그런 놈들의 신발을 핥아가며 비위를 맞춰줘야 한다는 거야? 가령 그…… 그 얼간이 같은 놈한테? 아니면 그 시꺼먼 두더지 같은 드 기슈 백작놈한테?"

시라노가 얼굴을 확 구기면서 혐오감을 드러냈다.

"내가 그놈을 봤거든. 그 토끼똥 같은 눈깔 두 개를. 그런데 그놈이 그녀를 보고 있더라니까. 오늘밤은 그놈도 왔더라고. 내가 다 봤어. 그놈이 그녀를 보는 장면을. 마치 장미꽃 위를 기어다니는 민달팽이를 보는 기분이더군."

"아하! 그럼 사실이군! 내 말이 맞았어! 그 어떤 칼잡이도 쓰러뜨릴 수 없는 위대한 시라노가 드디어 사랑의 포로가 되고 말았다? 자, 어서 말해봐. 도대체 그 여자가 누구야?"

그러자 시라노는 일그러진 미소를 지었고, 그 바람에 마치 범선의 활대가 방향을 바꾸듯이 코가 한쪽으로 홱 젖혀졌다. 극심한 자기혐오에 빠진 표정이었다.

"내 꼴 좀 보라고, 르 브레. 그 여자가 누구긴 누구겠어? 이 해시계 같은 얼굴을 좀 보란 말이야! 우리 어머니마저도 나를 역겨워하셨지. 그런 판국에 내가 사랑하게 된 여자가 하필이면 프랑스 전체에서 으뜸가는 미인이란 말씀이야. 게다가 아름다움을 보는 눈도 남달리 빼어나서 그 눈 속에 미의 여신이 깃들어 있을 정도라고!"

"아이쿠! 그녀였군. 자네 팔촌누이. 록산. 오늘밤 그녀가 이층에서 눈을 화등잔처럼 크게 뜨고 내려다보는 모습을 나도 봤지. 그런데 뭐? 왜 그렇게 시무룩해? 그녀한테 말해버려! 진심을 고백하라고! 안 될 게 뭐야?"

시라노는 컹 하고 서글픈 웃음을 터뜨렸다.

"안 될 게 뭐냐고? 안 될 게 뭐냐고? 내가? 분장하지 않아도 얼마든지 남을 웃길 수 있는 이 어릿광대가? 안 될 게 뭐냐고? 왜냐하면 이거, 바로 이거 때문이지! 왜냐하면 바로 이……

이…… 이 길쭉욱하게 튀어나온……"

그는 말을 끝맺지도 못하고 고통의 울부짖음 같은 외마디 소리를 토해내며 한 손으로 얼굴을 가렸다.

르 브레는 소스라치게 놀랐다. 그리고 손을 내밀어 시라노의 옷소매를 쓰다듬었다.

"시라노. 이봐, 친구. 자네 지금…… 우는 거야?"

그러자 시라노는 동정을 참을 수 없다는 듯이 친구의 손을 뿌리쳤다.

"그럴 리가 있나! 난 절대로 울지 않아! 나 같은 괴물한테 눈물이라니, 어울리지도 않는다고. 이 미끄럼틀 같은 코에 눈물이 줄줄 흘러내리면 얼마나 꼴사납겠나! 난 말이야, 무슨 일이 있어도 절대로 울지 않아. 아무리 쓸쓸…… 아무튼 그건 정말 꼴불견일 테니까."

그는 거기서 말을 끊었다가 이렇게 덧붙였다.

"록산, 맞아. 바로 그녀야. 록산."

그에게는 이 짧막한 이름이 아가서雅歌書보다도 많은 시를 담고 있는 듯했다.

르 브레가 속삭였다.

"아, 시라노, 자넨 정말 시인의 영혼을 가졌어."

이 말은 시라노를 대단히 높이 평가하는 최고의 찬사였다. 왜

냐하면 르 브레 자신이 시인이었기 때문이다.

시라노는 혼신의 노력으로 마치 개가 물을 털어내듯이 부르르 떨면서 울적함을 한꺼번에 털어버렸다.

"글쎄! 그건 자네도 마찬가지지. 자네도 마찬가지야, 르 브레. 듣자니 자네도 귀족들한테 알랑거린다고 하긴 어렵겠더군. 요즘 또 모욕적인 시들을 퍼뜨린다고 하던데 사실인가? 그렇게 쓸데 없이 적을 만들다가 모진 놈한테 걸리면 끝장이라고. 도대체 왜 그런 짓을 하는 거야?"

"위험과 진실을 재어봤더니 진실이 더욱더 길더라!
두려움과 명예가 다투더니 끝내 명예가 승리하더라!"

르 브레가 제법 씩씩하게 부르짖었으나…… 밤이 깊어갈수록 얼굴이 점점 창백해졌다.

"실은 시라노…… 아닌 게 아니라 내가 아주 무시무시한 소문을 들었는데, 그게…… 저기…… 지금 극장 밖에 백 명이 기다리고 있다는 거야. 나를 갈가리 찢어죽이려고."

그러자 시라노가 쾌활하게 대꾸했다.

"그럼 자네도 검 한 자루 마련할 때가 된 거 아닌가?"

바로 그때 작고 깡마른 여자 하나가 발을 헛디뎌(오페라 가면을 쓰고 있어 발밑을 제대로 살피지 못한 탓이다), 불 꺼진 객석 안으로 고꾸라질 듯이 뛰어들더니 결국 축구공 터지듯 요란한 소리와 함께 두 친구의 발치에 납작 엎어지고 말았다.

"쉬이! 시라노 나리께 전갈입니다!"

시라노는 그녀를 일으켜주면서 이렇게 말했다.

"내가 아는 분 아니던가? 록산의 하녀로구나!"

그러면서 다른 손으로는 마치 심장이 도망치지 못하게 붙잡으려는 듯이 가슴을 꾸욱 눌렀다.

"내 누이가 전갈을 보냈단 말인가? 나한테?"

"네! 아가씨께서 말씀을 좀 나누고 싶어하십니다. 단둘이서. 공개적이면서도 호젓한 곳에서요. 무슨 뜻인지 아시겠죠?"

"단둘이서? 나랑?"

몽플뢰리를 무대에서 몰아냈던 그 우렁찬 목소리가 갑자기 오그라들어 목멘 속삭임으로 변해버렸다. 시라노는 마른침을 꿀꺽 삼킨 후 셔츠 소맷부리를 흔들어 얼굴을 식혔고, 그의 커다란 코는 잠시나마 레이스에 가려져 보이지 않았다.

"내일 정오에…… 라그노 빵집에서요. 와주실 거죠, 나리?"

하녀가 애원하듯 말하면서 시라노의 얼굴을 향해 그 작고 뾰족한 얼굴을 잔뜩 치켜들었지만 시라노의 가슴 높이를 넘지 못했다.

"아가씨 안색이 창백한 걸 보면 사랑 문제가 틀림없어요!"

시라노는 말없이 고개를 끄덕였다. 휘둥그레진 눈에 두려움 비슷한 감정이 담겨 있었다. 하녀는 다시 비틀거리며 밖으로 나가다가 오렌지 장수에게 부딪히고 말았다.

르 브레가 씨익 웃으며 말했다.

"아하! 만남이라! 밀회라고 해야 하나? 도대체 이게 무슨 뜻일까?"

그러자 너무 놀라 숨도 제대로 쉬지 못하던 시라노가 혼잣말처럼 속삭였다.

"내가 투명인간은 아니라는 뜻이겠지. 그녀가 나를 봤다는 뜻이겠지. 그리고 그녀가……"

객석 통로에 와르르 쏟아져 통통거리며 굴러내려오는 오렌지들처럼, 지금 달콤한 황금빛으로 물든 시라노의 심장도 곧바로 멍이 들 만큼 호되게 쿵쾅거리며 뛰어댔다.

그러다가 별안간 희망과 활력에 휩싸인 그는 느닷없이 전속력으로 내닫고 싸우고 도전하고 하늘 높이 뛰어올라 달을 삼켜버리고 싶은 충동을 느꼈다! 시라노는 다짜고짜 르 브레의 꾀죄죄한 멱살을 거머쥐었다.

"자객이 백 명이라고 했나? 자네를 토막 내러 왔다고?"

르 브레는 무릎에 힘이 풀려 비실거리며 이렇게 대답했다.

"놈들이 가버릴 때까지 하수도에 숨어 있어야겠어. 그다음에 외국으로 나가야지."

"말 같잖은 소리!"

시라노는 그렇게 외치며 텅 빈 무대 위로 훌쩍 뛰어오르더니 공중에 자욱한 연기를 단칼에 베어버렸다.

"모조리 몰려오라고 해! 내가 자네 대신 싸워줄 테니까! 버드나무처럼 모조리 가지치기를 해줄 테니까! 헤라클레스가 백 개의 머리를 가진 히드라를 죽이듯이 모조리 칼질을 해줄 테니까! 데이지 꽃잎을 따듯이 한 놈 한 놈 모가지를 따설랑 — 그녀는 나를 사랑한다, 사랑하지않는다 — 암살을 의뢰한 놈한테 보내서 그놈 가발에 주렁주렁 달고 다니라고 할 테니까! 자, 가세! 저 달님한테 멋있는 장면을 보여주자고! 우리도 혜성이 되어 밤하늘에 우리 이름을 새기는 거야! 인생은 환희로다…… 그리고 오늘밤 나는 일당백이로다!"

2

일당백의 결투

A Hundred Against One

어쩌면 정확히 백 명은 아니었는지도 모르겠다. 시인들이란 원래 좀 과장하게 마련이니까. 그러나 점잖은 시민들은 모두 잠자리에 든 깊은 밤, 야경꾼조차 뇌물을 받아먹고 얼씬도 하지 않는 축축하고 캄캄한 길거리에는 맨손의 글쟁이 하나쯤 충분히 해치우고도 남을 만큼 자객들이 모여 있었다.

르 브레와 시라노가 극장을 나서자 골목이나 문간 이곳저곳에서 검은 그림자가 삼삼오오 모습을 드러내고 지붕이나 마차 뒷문에서도 하나둘씩 뛰어내렸다. 그들은 먹이를 노리는 고양이처럼 살금살금 다가왔다. 그러나 여기저기서 쨍 하는 금속성과 함께 번뜩이는 것은 고양이의 초록색 눈동자가 아니라 별빛에 물든 강철의 둔탁한 광택이었다. 이따금씩 어느 자객이 말똥을

밟거나 돌에 미끄러져 발목을 접질릴 때마다 욕지거리가 썩은 과일처럼 툭툭 떨어지기도 했다. 그들의 복장은 온통 검정색이었다. 달도 없는 밤에 검은 옷의 괴한들을 헤아리기란 쉽지 않은 법이다. 어쩌면 정말 백 명이었는지도 모른다.

하수구 속으로 미끄러져들어간 르 브레는 웅크리고 앉아서 눈을 질끈 감아버렸다. 가죽 밑창을 붙인 장화들이 사방에서 포위망을 좁혀왔다. 마치 시체를 보고 모여드는 쥐 떼처럼.

순간 온통 시커먼 어둠 속에 한 줄기 흰색이 나타났다. 챙 넓은 모자에 달린 새하얀 타조 깃털이었다. 마치 자객들을 손짓해 부르듯이 빗줄기 속에서 까닥까닥 움직이고 있었다.

그러더니 지옥의 한 장면이 펼쳐졌다.

나중에 몇몇 괴한들은 르 브레가 경호를 위해 근위대 일개 소대를 고용한 것이 틀림없다고 주장했다. 또 어떤 자들은 그가 지하세계의 악귀들을 불러냈다고 주장했다. 또 어떤 자들은 난데없이 돌풍이 몰아치더니 순식간에 검이 날아가버리고 바지의 엉덩이께가 찢어져 너덜거렸다고 말했다. 그리고 다른 자들은 도대체 무엇이 자기들을 공격했는지 전혀 모르겠다고 솔직하게 시인했다.

마치 천 위에서 바늘이 이리저리 돌아다니며 붉은 실이며 노란 실을 수놓듯이 시라노의 레이피어*는 괴한들 사이를 번개처럼 누비고 다녔다. 그는 괴한들의 망토에 달린 장식술을 끊어버리고, 장화 버클을 떼어버리고, 모자챙을 잘라버리고, 장갑의 손목 부분을 베어버렸다. 괴한들의 놀란 얼굴에서 검은 복면들이 너풀너풀 떨어져내렸다. 그들은 정신없이 찌르고 베고 막아봤지만 그때마다 애꿎은 벽돌벽을 때리거나 자기편에 피해를 입힐 뿐이었다. 머지않아 그들은 개들이 가득한 우리 속에 갇혀버린 고양이처럼 울부짖기 시작했다. 하얀 파나슈가 획획 날아다니며 그들을 유린했다. 평화를 부르는 비둘기처럼 보였지만 부리가 극도로 날카로웠다.

이튿날 라그노 빵집에 모인 시인들은 간밤의 사건에 대하여 시를 쓰느라 아직도 여념이 없었다. 혼자 활약했던 검객의 정체는 여전히 수수께끼였지만, 자세한 내막을 모른다고 해서 시인들이 그런 일을 불멸의 신화로 탄생시키지 않고 그냥 둘 리가 만무했다.

---

* 찌르기를 주로 하는 가볍고 가느다란 검.

"한 명을 상대로 백 명이 모여들자

은빛의 검날들이 빗줄기처럼 번뜩였네

그러나 곧 외출을 후회하게 되었으니

골목에서…… 어쩌고저쩌고 아무개를…… 만났더라나!

그런데 그게 누구였는지 혹시 아는 사람 없어?"

시인들은 날마다 이 빵집에서 점심을 먹었다. 라그노는 시인들을 존경했고 시라면 사족을 못 썼다. 그래서 날마다 시인들에게 크림 케이크나 키슈로렌* 따위를 공짜로 대접했다. 그의 아내는 미쳐버릴 지경이었다. 그녀가 라그노의 두툼하고 둥글둥글한 어깨를 철썩 후려갈기자 밀가루가 구름처럼 흩날렸다. 그녀는 노발대발 잔소리를 늘어놓았다.

"게으름뱅이들! 밥버러지들! 기생충들! 전부 내쫓아! 먹여봤자 살도 안 찌는 시인 나부랭이들한테 에클레어를 아낌없이 나눠주다가 정작 제 새끼들은 쫄쫄 굶기려고! 저 인간들한테는 아무것도 주지 마! 모조리 내쫓으란 말이야!"

그러나 라그노는 과자 위에 맴도는 파리 떼를 무시하듯이 그녀를 싹 무시해버렸다. 변함없이 환하게 웃으면서, 긴 의자에 둘

---

* 달걀과 우유에 베이컨과 생크림, 야채 등을 넣어 만든 파이.

32

러앉아 빈둥거리는 꾀죄죄한 행색의 비렁뱅이들에게 연신 절을 해가며 따끈한 코코아와 스펀지핑거*를 내다주느라 이리저리 종종걸음을 쳤다. 결국 라그노 부인이 보복을 감행했다. 무슈 라 그노의 책상 앞으로 가더니 그가 정성껏 써놓은 습작 원고를 한 장 한 장 접어 빵집에서 사용할 종이봉지로 만들어버린 것이다. 이윽고 라그노는 사과 파이와 크레이프, 슈크림빵 등을 손수 담아주던 원뿔 모양의 봉지가 바로 「클로에의 결혼」이나 「오르페우스의 비가悲歌」 같은 작품이라는 사실을 깨닫고 비통하게 울부짖었다. 그는 곧 손님들을 일일이 쫓아다니며 공짜 케이크를 줄 테니 제발 봉지를 돌려달라고 애걸복걸했다.

한편 시인들은 그런 소동에도 아랑곳없이 태연하게 먹고 마시며 논쟁을 벌이거나 '자객' '달빛조차' '이름 없는' 따위와 각운이 맞는 단어가 무엇인지 궁리했다. 그때 그들의 시에 등장하는 이름 없는 주인공이 고개를 푹 숙인 채 성큼성큼 들어와 빵집 안쪽에 있는 방으로 사라졌지만 시인들은 머랭을 먹어치우느라 여념이 없어 고개도 들지 않았다. 시라노의 걸음걸이는 화산의 용암 위를 걷는 듯했다.

그는 한 시간이나 일찍 도착했다. 혹시 늦기라도 할까봐 한 시

---

* 손가락 모양의 카스텔라식 과자.

간이나 일찍 와버린 것이다. 그는 시간이 달팽이처럼 느릿느릿 기어가는 것 같다고 생각했다.

"이제 열두시 다 됐지, 라그노?"

"방금 열한시 지났네."

"지금은 몇신가, 라그노?"

"열한시 십분이야."

그리고 다시 일이 분쯤 지났을 때, 시라노는 도저히 불가능한 일이라는 사실을 깨달았다. 록산을 만나 이야기를 나누느니 차라리 불덩어리를 삼키는 편이 더 쉬울 듯싶었다. 어찌 록산과 마주 앉아 감히 사랑을 고백할 수 있으랴? 그녀가 나를 어떻게 생각하는지는 모를 일이지만……

"지금 몇신가, 라그노?"

"열한시 이십분."

라그노는 「설탕 크림 송가頌歌」에 묻은 잼을 닦아내고 엉망으로 구겨져버린 이 걸작을 문질러 펴고 있었다.

나도 저렇게 내 심정을 종이에 적어볼까? 그래! 나중에 록산이 오면 그 편지를 쥐여주고 말없이 나가버리면 되잖아! 시간이 오래 걸릴 일은 아니다. 벌써 몇 년 전부터 마음속으로 무수히 쓰고 또 써보았던 연애편지니까. 이미 뇌리에 깊이 새겨진 내용을 그대로 옮겨 적기만 하면 된다. 시라노는 자리에 앉아 편지를 쓰기 시작했다.

몇 분이 지났을 때 록산과 하녀가 들어왔다. 편지에 열중하다가 깜짝 놀란 시라노는 밀가루투성이 책상 위에 놓인 종이를 부리나케 낚아채 호주머니에 쑤셔넣었다.

"록산."

"오빠."

세 사람은 한참 동안 서로의 얼굴만 바라보았다.

마침내 시라노가 사나운 기세로 하녀에게 다가서서 불쑥 물었다.

"슈크림빵 좋아하시오?"

"오! 그야 아주 환장하죠!"

시라노는 빈 봉지 세 개를 집어들더니 주방 탁자 위의 선반에 식히려고 놓아둔 케이크와 과자를 닥치는 대로 주워담기 시작했다.

"에클레어는? 마카롱은? 스트루들*은?"

하녀는 기쁨에 겨워 반짝이는 눈으로 열심히 고개를 끄덕거렸다.

"자, 받으시오! 그리고 이거…… 마지팬**인지 뭔지, 아무튼

---

* 과일, 치즈 등을 밀가루 반죽으로 얇게 싸서 구운 과자.

** 밀가루, 설탕, 달걀, 으깬 호두나 아몬드 따위로 만든 말랑말랑한 과자.

이 녹색 과자도 받으시오. 이걸 갖고 밖으로 나가 이리저리 돌아다니다가…… 남김없이 먹어치우기 전엔 돌아오지 마시오."

하녀는 두 손은 물론이고 작고 뾰족한 턱까지 동원하여 과자 세 봉지를 부둥켜안고는 두 눈을 껌벅거리며 겨우겨우 고개를 끄덕였다. 시라노는 설탕 가루가 구름처럼 피어오를 정도로 황급히 하녀를 밖으로 몰아내고 살그머니 문을 닫았다. 그러고는 그대로 문짝을 바라보며 말했다.

"록산."

"시라노 오빠."

"네가 나를 만나자고 하다니, 그야말로 크나큰 은혜로구나. 네가 내 생각을 했다니 말이야. 내가 할 수 있는 일이라면 뭐든지…… 너도 이미 알겠지만 널 위해서라면 정말…… 뭐든지 말만 하면……"

그는 말을 끝맺지 못했다. 문득 이 젊은 아가씨가 가진 막강한 힘이 두려워 목이 답답해졌기 때문이다. 그녀는 그에게 행복을 선사할 수도 있고 빼앗을 수도 있었다.

그때 록산이 부르짖었다.

"아, 오빠!"

마치 가까이에서 오븐의 문이 열리기라도 한 듯 그녀의 두 뺨이 발그레하게 달아올랐다.

"앞으로의 내 행복이 오빠 손에 달렸어요!"

"오!"

"너무 천박하다고 생각하진 않겠죠? 오빠한테 마음속의 비밀을 털어놓더라도? 내가 그…… 남모르는 열정을 고백하더라도?"

"천만에! 오! 천만에! 오, 맙소사!"

나무 문짝의 소용돌이무늬가 그의 뇌리에 깊이 새겨졌다. 마구 두근거리는 심장은 금방이라도 툭 튀어나와 그녀의 작은 손, 그 작고 섬세한 손으로 뛰어들 것만 같았다. 그는 그녀의 연약한 아름다움을 지켜줄 테고, 그녀는 그 답례로 그의 심장이 낙원에서 쉬게 하리라.

"저어…… 남자가 생겼어요!"

"그래?"

"오빠네 연대에 있는 사람이에요."

"그래?"

"게다가 오빠네 소대 소속이에요!"

"그으래?"

"그리고 시라노, 그 사람은 참 착하고 용감한데다 아무리 많이 사랑해줘도 아깝지 않을 사람이에요. 틀림없어요!"

시라노는 핵 돌아서 록산을 마주 보았다. 그녀는 황홀한 듯 눈을 감고 있었다.

"아, 그런데 그 친구도……"

"그리고 아주아주 잘생겼어요!"

시라노는 숨을 쉬려 했지만 허파가 빈 봉지처럼 납작 찌그러진 듯 도무지 말을 듣지 않았다.

"잘생겼다고?"

"아직 한 번도 말을 나눈 적은 없지만, 그렇게 생겼다면 틀림없이 착하고 뛰어난 사람일 거예요! 눈동자만 봐도 그 속에서 빛나는 영혼이 보이니까요!"

시라노는 한 손을 얼굴로 가져갔다. 벽에 비친 그림자가 마치 엄청나게 큰 코에 엄지를 갖다 대고 그를 조롱하는 것처럼 보였다. 시라노는 바보. 시라노는 얼간이. 시라노는 우스꽝스럽고 덜떨어진 어릿광대. 두근거리던 심장은 뻐꾸기가 둥지에서 밀어낸 새알처럼 아무도 모르게 방바닥에 떨어져 깨져버렸다.

"그 친구 이름이 뭔데? 남성미의 전형 같은 그 친구 말이야. 나도 아는 놈이야? 그런 놈은 본 기억이 없는데……"

"청년 귀족이에요. 어젯밤 극장에서 봤어요! 눈길이 마주치기도 했죠. 첫눈에 반해버렸어요. 그 사람 이름은……"

그녀는 마치 달콤한 꿀을 맛보는 듯한 표정으로 말을 이었다.

"크리스티앙 드 뇌비예트예요."

시라노는 눈만 껌벅거렸다. 이건 착오가 분명하다. 착오라서 다행이다.

"미안하지만 아가씨…… 근위대에 그런 이름을 가진 사람은 없어. 가스코뉴*식 이름도 아니고."

"그 사람은 내일 전입할 거예요! 그리고 가스코뉴 사람은 아니에요. 아, 그래도 나를 봐서라도 오빠가 잘 보살펴줄 거죠? 그 사람 친구가 되어줄 거죠? 오빠네 부대원들이 신참들을 얼마나 괴롭히는지 나도 다 들었어요. 특히 가스코뉴 출신이 아닌 사람한테는 더 심하다면서요."

하늘이 송두리째 무너져 사방이 캄캄해졌다. 천체들이 모두 궤도를 이탈하여 어둠 속으로 사라져갔다. 시라노가 말했다.

"그런 부탁쯤이야 조금도 어려울 게 없지."

"그래도 약속해요! 아무도 그 사람을 못 건드리게 한다고 약속해줘요!"

록산은 간절한 마음을 가눌 길 없어 두 손으로 시라노의 앞가슴을 지그시 눌렀다. 시라노는 참 신기한 일이라고 생각했다. 내 영혼이 이렇게 피를 철철 흘리는데 어째서 록산의 손끝엔 한 방울도 묻어나지 않을까?

---

* 프랑스 남서부에 있는 지방으로, 이곳 사람들은 충동적이며 용맹한 기질로 널리 알려졌다.

"네 부탁이라면 내가 그 친구를…… 이 하얀 파나슈처럼 애지중지할게."

그러자 두 사람의 눈은 자연히 그의 모자띠에 꽂힌 하얀 깃털을 쳐다보게 되었고, 그는 그 깃털이 격렬하게 떨리는 것을 그녀가 볼까봐 커다란 두 손으로 모자를 빙글빙글 돌렸다.

"오빠는 옛날부터 정말 소중한 친구였어요!"

록산은 그렇게 부르짖으며 시라노의 뺨에 살짝 입맞춤을 했다. 두 사람은 햇빛 찬란한 가스코뉴에서 어린 시절을 함께 보낸 사이였다. 그랬는데도—아니, 그랬기 때문에—록산은 시라노가 남자라는 사실조차 의식하지 못했다. 피와 살로 이루어진, 그리고 정열을 가진 남자, 그러나 지금은 심장이 하현달처럼 점점 이지러지는 남자.

지금쯤 길거리에서는 하녀가 끈적끈적한 손으로 세번째 종이 봉투를 납작하게 찌그러뜨렸을 것이다. 시라노는 그것을 알 수 있었다. 느낄 수 있었다. 그는 이 만남을 끝내려고 정중하게 문을 열었다. 록산이 그의 옷깃을 스치며 문간을 빠져나갔다.

"아, 그리고 시라노! 하느님의 사랑을 빌려 부탁할게요! 혹시 그 사람이…… 크리스티앙이 나한테 할 얘기가 있다고 하면…… 사랑에 대한 얘기 말인데…… 그럼 편지를 쓰라고 말해줘요!"

만약 그날 그 극장에서 시라노 드 베르주라크가(작가이며 군인이며 시인인 그가) 무대 위로 내던졌던 주머니 속에 돈이 아니라 그의 가슴속에 갇힌 수많은 말이 들어 있었다면, 그 말들이 한꺼번에 터져나와 황금빛으로 번쩍거리며 이리저리 굴러다녀 누구나 들을 수 있었다면…… 그렇다면 지금쯤 파리 전역에 사랑의 시가 무릎 높이까지 차올랐으리라.

그러나 록산이 원하는 것은 **크리스티앙**의 편지였다.

시라노는 그녀가 자기 얼굴을 보지 못하도록 고개를 푹 숙이며 화려한 동작으로 절을 했다. 이윽고 그녀는 가버렸다.

하느님의 사랑을 빌려 부탁한다고? 도대체 하느님이 인간을 사랑하신다는 게 정말인가?

3
크리스티앙
Christian

시라노가 방을 나서자 빵집 안에서 별안간 와장창 소리와 함께 가구들이 나뒹굴고 고함 소리가 터져나오더니 박차 달린 장화를 짤랑거리며 우르르 달려오는 소리가 들렸다. 근위대 소속의 청년 귀족들이 시인들보다 한 걸음 빨랐다. 그들은 드디어 '일당백의 결투'의 주인공이 누구인지 알아냈던 것이다. 근위대원들은 빵집 안으로 몰려들어 수색작전을 펼치다가 마침내 목표물을 발견했다. 바로 그들이 존경해 마지않는 저 유명한 시라노 대위였다. 그들은 시라노를 어깨에 들쳐메고 길 건너 술집으로 향했다.

이렇다 할 전쟁이 벌어지지 않는 요즘, 청년 귀족들이 무엇보다 좋아하는 것은 신나는 싸움 이야기였다. 유혈이 낭자한 이야

기라면 더욱더 좋아했다. 이 젊은이들은 시라노 드 베르주라크
야말로 완벽한 가스코뉴인이라고 생각했다. 무적의 검객, 빈정
거리기 좋아하는 재담꾼, 시인, 소박한 행색을 한 천재. 그런 시
라노를 위해서라면 다들 목숨도 기꺼이 내놓으리라(물론 가스
코뉴 청년들은 모두 불멸의 용사들이니 죽는 것도 쉬운 일은 아
니겠지만). 프랑스 전체를 뒤져봐도 시라노에 필적할 만한 인물
은 아무도 없었다. 근위대가 함대라면 제1사장斜檣* 같은 코를
가진 시라노는 사령선이다. 말싸움이든 칼싸움이든 시라노를 이
길 자가 어디 있으랴!

　그런데 오늘은 웬일인지 시라노 대위가 백 명의 자객들과 맞
서 싸웠던 굉장한 이야기를 선뜻 풀어놓으려 하지 않았다. 그저
술잔을 물끄러미 들여다보며 이렇게 말하는 것이었다.

　"나중에 얘기하자. 다음에 하자고."

　한편 이 술집에는 시라노의 동료 근위대원들과 달리 그를 높
이 평가하지 않는 사람도 한 명 있었다. 콧소리 섞인 목소리가
비웃듯이 이렇게 중얼거렸다.

　"아, 드 베르주라크. 자네가 간밤에 벌인 그…… 난투극 때문
에 온 파리가 소란스럽더군. 그래, 대단히 인상적이야."

---

* 뱃머리에서 앞으로 비스듬히 튀어나온 기둥 모양의 목재.

드 기슈 백작이었다. 새까만 벨벳으로 지은 옷이 해면처럼 빛을 빨아들여 눈이 부실 정도였다.

"듣자니 자넨 희곡도 쓰고 시도 쓴다더군. 허어, 그것 참. 내가 후원자가 돼서 자네를 내 전속 시인으로 삼고 싶은 생각도 없지 않네만."

그러자 시라노는 자리에서 일어나 한쪽 주먹을 허리춤에 대고 고개를 뒤로 젖혔다.

"이 몸의 주인은 나뿐이오, 백작. 내가 뭘 쓰든 모두 예술 그 자체를 위해서란 말이오!"

"그야 그렇겠지. 그런데 내가 후원해주기만 하면 자네 희곡이 실제로 상연될 수도 있거든. 내가 많이 고쳐줄 필요도 없을 것 같고."

"내 글을 고쳐준다고? 웃기지 마쇼. 차라리 센 강에 던져버리고 말지."

드 기슈는 은제 손잡이가 달린 지팡이를 바닥에 세우고 그 위에 두 손을 얹었다. 마치 파도를 호령하는 넵튠*처럼 기세등등한 자세였다.

"자넨 대단히 교만한 사람이군, 대위."

---

* 로마 신화의 바다의 신. 그리스 신화의 포세이돈에 해당함.

"관찰력이 대단히 탁월하시군요, 백작 나리."

이렇게 아슬아슬한 긴장감이 감도는 순간, 한 대원이 꽃 모양 리본이 달린 커다란 모자 대여섯 개를 검에 꿰어들고 나타났다.

"제가 극장 뒷골목에서 뭘 찾았는지 보세요, 소대장님! 간밤에 소대장님이 사냥하신 자고새와 들꿩이라고요!"

근위대원들은 다시 축제 분위기에 휩싸였다. 그중 한 명이 의기양양하게 소리쳤다.

"그 자객들을 보냈던 놈은 오늘 아침이 정말 지긋지긋했을 거야!"

그러자 다른 한 명이 말했다.

"다음번엔 그 비겁한 놈이 직접 나설지도 모르지!"

"도대체 어떤 놈인지 혹시 아는 사람 없나?"

대원들은 검 끝으로 모자들을 이리저리 던지고 받으며 장난을 쳤다. 드 기슈는 눈을 가늘게 뜨고 그 모습을 노려보다가 지팡이로 바닥을 쾅 내리찍어 총성 같은 소리를 냈다.

"바로 나였네. 그놈들은 내가 보냈지. 형편없는 시인은 개죽음을 당해도 싸니까."

어색한 침묵이 흘렀다.

이윽고 시라노가 부하들로부터 두 개의 검에 꿰인 '모자 꼬치'를 받아들었다. 그리고 드 기슈 앞으로 걸어가 잠시 그를 물끄러미 바라보더니 검을 거꾸로 들어올려 그 더럽고 쭈글쭈글한 모자들을 드 기슈의 무릎 위에 후두둑 떨어뜨렸다.

"그렇다면 나리께서 이것들을 주인에게 돌려주시구려."

드 기슈는 벌떡 일어나 가마를 대령하라고 명령했다. 그리고 비꼬는 어조로 말했다.

"예술 그 자체를 위해 글을 쓴다고 했나? 그래, 예술이라, 그것도 좋겠지, 드 베르주라크. 하지만 자네도 돈키호테 이야기를 알고 있겠지? 풍차에 덤벼드는 기사는 진흙탕에 엎어지기 십상이라네."

시라노는 드 기슈의 눈을 똑바로 마주 보며 어렴풋한 미소를 머금었다.

"아니면 별처럼 숭고해질 수도 있소, 백작 나리."

그러면서 멋들어지게 절을 했다. 드 기슈는 자신의 부와 지위와 거만한 성격에 걸맞게 자못 엄숙한 걸음걸이로 나가버렸다.

르 브레가 발끈하여 친구에게 쏘아붙였다.

"이건 일생일대의 기회였어! 그 인간이 자네 희곡을 상연해주겠다잖아! 으아아! 좋은 선물을 주겠다는데 어쩌자고 그렇게 생트집을 잡는 거야?"

그러나 르 브레가 조금 분개한 정도였다면 시라노는 그야말로 펄펄 뛸 정도로 화를 냈다.

"그런 진드기 같은 놈한테 알랑거리느니 차라리 굶어죽겠다! 그런 놈은 딱 질색이라고. 비꼬기 좋아하고, 심술 사납고, 건방지기 짝이 없고, 음흉스럽고……"

그때 르 브레가 어린애의 말을 자르듯이 한 손을 들어 시라노를 가로막았다.

"됐어, 됐어. 그래봤자 좋을 게 뭐가 있나? 증오심이 밥 먹여주는 거 봤어?"

그러자 시라노가 이를 악물고 말했다.

"적어도 그런 놈한테 굽신거리진 않게 해주지! 당당히 고개를 치켜들게 도와준다고! 고개를 빳빳이 세울 수만 있다면 증오심을 모가지에 몇 겹씩 휘감고 다녀도 좋아!"

그러나 시라노의 오랜 친구는 한순간도 속지 않았다. 그는 시라노 대위에게 조심스레 손수건을 쥐여주며 조용히 소곤거렸다.

"증오심 때문에 이러는 거라고 천년만년 떠들어도 소용없어, 시라노. 사실은 그녀가 자넬 사랑하지 않아서 이러는 거지? 내 말이 맞지?"

그러자 꼿꼿이 세우고 있던 시라노의 목이 비참하리만큼 푹 꺾이고 말았다.

"사실은 그녀가 나를 사랑하지 않아서 이러는 거 맞아, 르 브
레."

그때 청년 귀족들이 다시 재촉했다.

"일당백의 결투에 대해 얘기해주십시오! 빨리 말해주세요!"

드 기슈가 나가버린 후 활기를 되찾은 대원들은 시라노를 둘
러싸고 강아지들처럼 깡충깡충 뛰었다. 그러나 대위는 시큰둥한
미소를 지을 뿐이었다. 그는 부하들의 시선을 피했다. 이번에도
거절할 모양이었다. 대원들이 노래하듯이 외쳤다.

"들려주세요! 시를 지어 들려주세요!"

르 브레가 속삭였다.

"아, 불쌍한 시라노."

"입 닥쳐!"

르 브레의 다정다감한 말이 오히려 시라노의 굴욕감에 불을
붙인 것이다. 그는 두 번 다시 남에게 자기 감정을 털어놓지 않
겠다고 굳게 다짐했다. 뱃사람들이 시체를 수의에 싸서 꿰매듯
이, 감정을 꽁꽁 묶어놓고 허세와 호언장담으로 덮어버리리라.

"그토록 희망에 부풀었건만."

"닥치라고 했잖아!"

시라노는 르 브레를 등지고 홱 돌아서더니 혼잡한 주점 한복

판으로 걸어가서 낭송을 시작했다.

  "이리들 모여라, 내가 싸움 이야기를 들려주리니

  한 사내가 무려 백 명을 쫓아버린 이야기로다!

  단 한 명의 검객이(시라노가)

  모자 백 개의 깃털을 모조리 베어버렸어라!

  비 내리는 밤, 흉흉한 거리에서

  너무 어두워 내 손조차 보이지 않을 만큼……"

  "코앞에 있어도 안 보일 만큼?"

  시라노의 얼굴에 짜증스러운 기색이 스쳐갔다. 또 잘난 체하
는 놈이 나타났나? 제 분수도 모르고 설쳐대는 놈? 에라, 신경
쓰지 말자.

  "저마다 복면을 쓰고 있어 몇 명인지 알 수 없으니

  그 수를 가늠할 길은 다만 번뜩이는 그들의……"

  "코를 헤아려?"

  이번 녀석은 바로 청년 귀족들 중 하나였다. 망할 녀석! 다른
놈들한테 용기를 과시하려는 거겠지. 그래, 눈감아주마.

"우글거리는 쥐 떼처럼(그토록 많았으니)

저마다 노리는 것은 오로지 나의……"

"코?"

지금 이게 얼마나 위험한 짓거리인지 저 녀석에게 말해주는 놈이 아무도 없었단 말인가. 아니, 어쩌면 오히려 부추겼는지도 모른다. 시라노는 청중들을 어깨로 밀어내고 그 무례한 자를 찾아보았다. 얼굴이 반반하고 금발이 곱슬곱슬한 젊은이였다. 페르시아 고양이처럼 크고 새파란 눈에 속눈썹이 아주 길었다. 뜻밖에도 시라노가 한 번도 본 적 없는 녀석이었다.

"하필이면 오늘 내 비위를 건드리다니, 날을 잘못 잡았구나, 예쁘장한 꼬마야! 이름이 뭐냐?"

젊은이는 약간 주춤하는 표정이었지만 이내 코를 높이 치켜들고 한껏 오만한 태도를 취했다.

"크리스티앙 드 뇌비예트 남작이오."

"그럼 잘 들어라, 드 뇌…… 누구라고?"

그랬구나. 바로 이 녀석이 신들의 은총을 한 몸에 받은 녀석이구나. 저 푸른 눈동자가 혼잡한 극장 안에서도 단숨에 그녀의 시선을 사로잡겠지. 저 황금빛 곱슬머리가 단숨에 그녀의 심장을 휘감아버렸겠지.

청년 귀족들은 이 신참이 파리처럼 납작해지는 장면을 떠올리며 기대감에 부풀어 숨을 죽였다. 자기들 같은 가스코뉴 출신이 아니라는 죄로, 그들은 이 가엾은 머저리에게 용기가 있다면 이런 짓을 해보라고 시켰다. 그리고 그들은 가스코뉴 사람이 아닌 그를 소대장이 몇 조각으로 난도질하든 상관없다고 생각했다.

그런데 놀랍게도 아무 일도 일어나지 않았다. 벼락이 떨어지지도 않았고 붉은 핏줄기가 벽을 적시지도 않았다. 시라노는 아무 일도 없었다는 듯 다시 이야기를 계속했다.

"운율도 그렇듯이 순간 포착이 중요한 법,
그래서 나는 지극히 신중하게……"

"코를 후볐다?"

        "…… 때를! 때를 골랐다!
놈들이 많아봐야 고작 백 명이거늘,
저마다 원하는 것은 바로 나의……"

"코?"

"나가! 모두 나가라고!"

순식간에 주점이 텅 비고 두 사람만 남았다. 그들은 벽난로의 열기에 땀을 흘리며 서로를 마주 보았다. 크리스티앙 드 뇌비예트는 타들어가는 입술을 핥으면서 미리 유언장을 써두지 않은 것을 후회했다.

"그녀는 내 친척일세."

드 뇌비예트는 더듬거리며 물었다.

"누, 누구 말이오?"

"마드무아젤 로비노. 록산 말이야. 내 팔촌누이라고. 어렸을 때 함께 놀았지."

"아!"

그녀의 이름을 듣고 얼굴을 붉히는 걸 보면 아주 막돼먹은 녀석은 아닌가보다.

"아, 소대장님! 소대장님! 아뇨, 몰랐습니다. 소대장님, 예! 이건 꼭 말씀드리고 싶은데 말입니다, 전 정말, 정말 소대장님을 존경합니다! 오래전부터 그랬어요! 소대장님의 그 기백! 소대장님의 희곡도요! 정말입니다! 정말 좋아합니다! 뭐든지 다요!"

"그럼 내 코도 좋아하나?"

"아뇨! 예, 좋아하죠! 아아! 죄송합니다! 죄송합니다, 소대장님! 전 그냥 남들이 어디 용기가 있으면 해보라고 해서……"

이때 시라노가 말을 가로막았다.

"록산은 우리가 친하게 지내길 바라더군."

드 뇌비예트의 얼굴이 시라노의 눈동자에 깊이 새겨졌다. 대리석을 깎은 듯 완벽한 곡선을 그리는 두 뺨, 각진 턱, 곧고 흠잡을 데 없는 코.

"우리가 좋은 친구가 되길 바라더라고."

크리스티앙의 입이 아주 살짝 벌어져 있었다. 신의 모습처럼 출중한 외모를 망가뜨리는 요소는 오직 그것뿐이었다. 시라노는 터무니없이 새파란 그 눈동자를 통하여 정말 그의 영혼을 들여다볼 수 있는지 확인하려 했지만, 아쉽게도 실내가 너무 어두컴컴했다. 크리스티앙의 영혼을 엿보는 일은 다음으로 미룰 수밖에 없었다.

한편, 마당으로 쫓겨난 청년 귀족들은 곧 무시무시한 폭력과 고통의 소리가 터져나오기를 기대하는 잔인한 심보로 이제나저제나 기다렸다. 그러나 들리는 것이라곤 두 사람이 중얼거리는 작은 목소리뿐이었다.

"뭐가 어떻게 돌아가는 거야? 둘이서 도대체 뭘 하는 거지?"

대원 한 명이 창턱에 매달려 실내를 훔쳐보았다. 그리고 그 안에 펼쳐진 광경을 보고 깜짝 놀랐다. 소대장이 신참의 어깨에 팔을 두르고 있었기 때문이다. 두 사람은 머리를 맞대고 대화에 여넘이 없었다. 엿보던 대원은 놀랍다는 듯 휘파람을 불고 다른 대원들에게 조용히 속닥거렸다.

"오늘은 코 얘기를 해도 괜찮은가봐!"

시라노가 말했다.

"록산이 자네 편지를 기대하더군. 자네 마음을 말로 표현해달라는 거지."

"편지라고요?!"

크리스티앙은 몹시 경악한 표정이었다. 고슴도치를 통째로 삼키라는 말을 들어도 그렇게까지 질겁하지는 않을 것이다.

"설마 까막눈은 아니겠지?"

크리스티앙은 콧방귀를 뀌었다.

"그야 물론 까막눈은 아니죠. 그러니까 입대도 했잖아요! 문제는 그게 아니고…… 시 같은 걸 써야 되는 거죠? 연애편지니까."

크리스티앙은 다시 입을 헤벌렸고, 그 순간 시라노는 그 회고 가지런한 치아 사이에서 빈 도서관처럼 휑뎅그렁한 공간을 얼핏 본 것 같다고 생각했다. 완전히 텅 빈 공간이었다.

"소대장님, 저는 말재주가 없단 말입니다! 워낙 멍청해서요.

저는 정말 바보 같은 놈이라고요!"

시라노는 상냥하게 말했다.

"에이, 내가 보기엔 그렇지도 않던데 뭘. 조금 전에도 코에 대해서 꽤 재미있게 대꾸했잖나."

크리스티앙이 움찔했다.

"그렇지만 이건 사랑에 대한 거잖아요? 어림도 없어요. 혹시…… 누가 도와준다면 또 몰라도!"

그러자 시라노가 매우 기묘한 소리를 냈다. 물에 빠져 죽어가던 사람이 갑자기 다시 숨을 쉴 수 있게 되었을 때 낼 법한 소리였다. 그는 고개를 돌리고 오랫동안, 아주 오랫동안 아무 말도 하지 않았다. 그러다가 짐짓 대수롭지 않다는 듯이 이렇게 말했다.

"그런 거라면 내가…… 내가 도와줄 수도 있을 것 같은데."

"소대장님이?"

"안 될 것도 없잖아? 우리가 가진 능력을 하나로 모으는 거야. 어때? 내 말솜씨와 자네 외모. 가령 자네가─이건 그냥 예를 드는 건데─록산에게 할 말을 외워버리면 되지 않을까? 할 말은 내가 미리 가르쳐줄 테니까."

크리스티앙은 어리둥절한 얼굴이었다.

"소대장님이 그렇게까지 해주신다는 겁니까? 무슨 재미가 있다고?"

시라노는 별일 아니라는 듯이 어깨를 으쓱거렸다.

"생각만 해도 왠지 시인 기질이 발동해서 그래. 이를테면 가면을 쓰는 것 같다고나 할까. 자네는 내 말을 빌리고 나는 자네 얼굴을 빌리는 거지. 어때?"

크리스티앙은 고개를 가로저었다.

"하지만 록산이 원하는 그런 편지는…… 아무래도 그건…… 좀 어려울 거예요."

"문제없어! 사실은 말이지……"

늙은 토끼를 끄집어내는 마술사처럼 시라노는 호주머니 속에서 구깃구깃한 편지를 꺼냈다. 빵집에서 록산을 기다리면서 썼던 바로 그 편지였다.

"짜잔! 연애편지 등장. 아, 걱정 말라고. 아주 잘 쓴 편지니까."

그러나 크리스티앙은 여전히 미심쩍은 표정이었다.

"그야 그렇겠죠! 그럴 겁니다! 하지만 그건…… 다른 여자한테 쓴 편지일 텐데…… 그걸 록산에게 보내도 괜찮을까요?"

"맞춤옷처럼 딱 맞지. 모든 면에서 척척 들어맞는다고. 내 말을 믿어. 록산도 자기한테 쓴 편지라고 철석같이 믿을 거야. 그렇게 믿고 싶어하니까. 어이, 동업자, 사랑의 허영심이라는 게 그런 거라고."

시라노 드 베르주라크와 신참 대원이 누가 보아도 화기애애한 모습으로 주점을 나서는 것을 보고 근위대원들은 저마다 자기 눈을 의심했다. 어느 재담꾼이 큰 소리로 말했다.

"소대장님의 **콧**대를 꺾기가 점점 더 힘들어지는구나!"

다음 순간, 그는 자신의 코앞에 말벌처럼 떠 있는 레이피어를 보게 되었다. 검 끝이 그의 짧고 뻣뻣한 콧수염을 툭툭 건드렸다. 그리고 바로 다음 순간, 눈앞에 코 하나가 불쑥 나타나 시야를 가로막았다. 시라노가 숨 쉬기도 거북할 만큼 얼굴을 바싹 들이댄 것이었다.

"한번 꺾어보고 싶나, 병사?"

그러자 소대원들은 갑자기 이상할 정도로 진지하게 외투 단추와 박차, 소맷부리 따위를 점검하거나 칼집이 제대로 걸려 있는지 유심히 살펴보기 시작했다.

4

지독한 바보들
Utter Fools

해거름녘 둥지로 돌아오는 찌르레기들처럼 록산에게 숱한 편지가 너울너울 날아들기 시작했다. 때로는 짤막한 시 한 편, 때로는 열두 장에 걸쳐 빽빽이 써내려간 산문이 그녀의 내면과 외면의 완벽한 아름다움을 묘사했다. 그 사연 속에는 온갖 붙박이별과 떠돌이별, 살별과 별자리 등이 수두룩하여 편지를 읽기만 해도 마치 천체망원경을 들여다보는 것 같았다. 비유를 위해 각양각색의 동물들을 총동원하여 마치 동물원을 보는 듯하였다. 천사들과 천사장들, 지품천사智品天使들과 치품천사熾品天使들이 모두 사랑을 호소했다. 신화와 마법, 연금술과 천문학이 날아다니는 양탄자를 짜 그녀의 발아래 펼쳐놓았다. 간단히 말하자면 이 편지들은 록산이 일찍이 꿈꾸었던 것보다 훨씬 훌륭했다.

록산과 크리스티앙은 저녁마다 마을 광장에서 만났다. 록산은 크리스티앙의 팔짱을 끼었고, 두 사람이 이리저리 거니는 동안 크리스티앙은 달콤한 밀어를 속삭였다. 마치 책을 읽고 외워둔 게 아닐까 싶을 만큼 거침없는 달변이었다! 록산은 헤어지기 전에 다음 날의 이야깃거리를 미리 알려주곤 했다. 연극, 역사, 책, 그림 등등…… 그러나 그녀가 어떤 주제를 내놓더라도 어차피 크리스티앙의 대화는 번번히 사랑―그녀를 향한 그의 사랑―이라는 주제로 귀결되었으니, 주어진 화제가 무엇인지는 그리 중요하지 않았다.

　그리고 그녀의 팔촌오빠는 고맙게도 약속을 지켰다! 그는 크리스티앙을 감싸주었고 싸움에 휘말리거나 괴롭힘을 당하지 않도록 보호해주었다. 사실 두 남자는 단짝 친구처럼 어디든지 붙어다녔다. 시라노도 크리스티앙의 좋은 성품을 알아본 것이 분명했다. 록산은 그것으로 이미 알고 있던 사실을 재확인할 수 있었다. 크리스티앙 드 뇌비예트는 역시 겉모습도 속마음도 흠잡을 데 없이 아름다운 사람이었다.

　극장에서의 그날 밤이 오기 전까지 그녀는 크리스티앙이 자신의 삶 속으로 들어오게 되기를 마냥 기다리고만 있었다.

　그런데 이젠 곧 입맞춤까지 하게 될지도 모른다. 상상만 해도 몹시 황홀해서 그녀는 굳이 그 순간을 앞당기려 하지 않았다. 크리스티앙은 이를테면 고요한 연못에 비친 완벽한 반영과 같았다. 록산은 공연히 물을 튀겨 그 영상을 흐트러뜨리고 싶지 않았다.

그런 반면에 드 기슈 백작은 아주 눈엣가시였다.

그는 록산이 가는 곳마다 어김없이 나타나 원하지도 않는 찬사를 늘어놓고, 온갖 주제넘은 착각에 빠지기 일쑤였다. 백작은 자신의 막대한 재산과 높은 지위와 느끼한 매력으로 그녀의 사랑을 차지할 수 있다고 믿는 것 같았다! 심지어 록산이 이미 자기 여자라고까지 생각하는 듯했다. 자기만의 사유재산, 자기만의 즐거운 비밀이라고 말이다.

그러나 시라노와 달리 록산은 드 기슈에 대한 혐오감을 애써 감추었다. 그를 두려워했기 때문이다. 두더지처럼 새까맣고 뺀질뺀질한 모습을 볼 때마다 이유 없이 소름이 쫙 끼쳤다. 두 사람의 대화는 서먹서먹하고 힘겨웠다. 슬기로운 록산은 크리스티앙을 향한 사랑도 드 기슈에게는 전혀 내비치지 않았다. 드 기슈는 한 남자의 장래를 완전히 망쳐놓을 수 있는 권력을 가졌기 때문이다. 어쩌면 캄캄한 밤을 틈타서 목숨마저 끊어버릴 수도 있다. 그러니 섣불리 이 악독한 백작을 화나게 하거나 질투심을 자극하기보다는 적당히 비위를 맞춰주고 웃어주면서 — 때로는 조금 아양을 떨기도 하면서 — 그렁저렁 넘어가는 편이 낫다. 그러나 너무 걱정할 필요는 없었다. 아름다운 여자들이 다 그렇듯 록산 로비노도 자기가 큰 힘을 가졌다는 사실을 잘 알고 있었다. 더욱이 지금의 그녀는 우주의 중심을 차지한 태양처럼 지극히 행복한 여자였다. 그래서 하찮은 행성 몇 개쯤은 아침 식전에 가볍게 갖고 놀 수 있다고 생각할 만큼 자신만만했다.

"안녕하세요, 백작님! 뜻밖의 만남이라 더 반갑네요."

"안녕하시오, 마드무아젤. 이렇게 불쑥 찾아와서 미안하지만 작별인사를 하러 왔소."

그거 정말 반가운 소식이네!

"작별인사라고요, 백작님?"

"그렇소. 이번에 우리 근위대가 아라스* 포위작전에 참가하라는 명령을 받았소. 난 지금 각 연대 지휘관들에게 밀봉한 명령서를 전하러 가는 길이오. 그 일이 끝나면 나도 출발해야 하오. 나를 그리워하겠다고 말해주시오."

그 순간 록산의 마음속으로 오만 가지 불길한 생각들이 자객들처럼 쳐들어왔다. 프랑스군 전체가 참전한단 말인가? 그래서

---

* 프랑스 북부에 있는 파드칼레 주의 주도. 30년 전쟁(1618~1648) 당시 프랑스와 스페인의 격전지였다.

근위대까지? 그럼 크리스티앙도? 갑자기 무시무시한 공포가 밀려와 하마터면 이성을 잃을 뻔했다. 그러나 그녀는 곧 새틴 드레스의 구김살을 매만지며 밝은 미소를 지었다.

"우리 바보 같은 팔촌오빠가 기뻐할 일이군요. 호호! 시라노는 전쟁을 아주아주 좋아하거든요!"

시라노가 전쟁을 좋아한다는 사실은 백작도 잘 알고 있었다. 그는 그 점을 최대한 이용할 속셈이었다. 근위대를 아라스에서도 가장 위험한 지역에 배치하는 것이다. 운이 따른다면 시라노는 그곳에서 목숨을 잃게 될 것이다. 그러나 이 계략에서 가장 감미로운 부분은 그게 아니었다.

"그런데 말이오, 사랑하는 록산, 난 근위대를 출발시킨 후 다시 시내로 몰래 돌아올 생각이오. 바로 이곳으로, 사랑하는 그대 곁으로. 오, 록산! 허락해주시오! 당신을 찾아와도 좋다고 말해주시오!"

그러더니 갑자기 그녀의 머리카락에 코를 파묻는 것이었다. 그의 검은 털가죽 망토가 개처럼 록산의 발목을 쓰다듬었고 그의 숨결은 설탕을 입힌 꽃 냄새를 풍겼다.

"한번 생각해보시오! 그 무엇도, 그 누구도 우리를 방해하지 않을 거요! 모두 아라스에 정신이 팔려 시내에선 아무도 우릴 눈여겨보지 않을 테니까. 그러니 내가 그대를 찾아와도 좋다고 말해주시오!"

백작의 애정표현은 이제 예전처럼 우스꽝스럽지 않았다. 마치 미친개가 안마당에까지 들어와 발꿈치를 물어뜯으려 덤비는 형국이었다. 록산은 재빨리 머리를 굴려야 했다. 빨리 생각해!

"오, 그런 짓을 하면 백작님에 대한 **평판**이 어떻게 되겠어요?"

록산은 숨을 몰아쉬며 드 기슈의 품을 벗어나려고 몸부림쳤다.

"앙투안, 나 때문에 백작님의 이름이 더럽혀진다면 **도저히** 참을 수 없는 일이에요! 부하들은 백작님을 그토록 존경하는데 말예요! 이 사실을 알게 되면 다들 백작님을 겁쟁이로 오해할 거라고요! 임무를 저버리고 도망친 비열한 겁쟁이라고…… 물론 진실을 몰라서 하는 소리겠지만. 오, 앙투안, 그건 참을 수 없어요!"

그러자 백작은 코안경 없이는 제대로 초점을 맞출 수 없을 만큼 가까이 있는 그녀의 얼굴을 바라보며 눈을 껌벅거렸다.

"그대가 나를 앙투안이라고 불러준 건 이번이 처음이오."

록산은 마음에도 없는 말을 계속했다.

"겁쟁이라는 말이 나왔으니 얘긴데요…… 덕분에 좋은 생각이 떠올랐어요…… 앙투안. 당신이 우리 한심스러운 팔촌오빠를 정말 약올리고 싶다면 **가스코뉴 사람들이 참전하지 못하게** 하는 게 제일 좋아요! 딴 사람들이 모두 전쟁터로 떠난 뒤에도 근위대만 파리에 남아 빈둥거리게 하는 거예요! 아시다시피 시라노는 명예로운 일이라면 사족을 못 쓰잖아요. 그러니까 이번 기회에 한번 골탕을 먹이는 거예요! 오랜만에 굴욕을 경험하게 하는 거죠. 다른 부대가 모두 전쟁터로 달려가는데 청년 귀족들만 후방에 남게 되면 기분이 어떻겠어요!"

그 순간 앙투안 드 기슈는 록산 로비노를 흠모하는 마음이 열 배로 커지는 것을 느꼈다. 그녀의 다소곳한 겉모습 속에 백작 자신처럼 교활하고 음흉한 일면이 숨어 있을 줄은 미처 몰랐기 때문이다. 그 자신도 가스코뉴 사람이었지만 록산의 이 계략은 너무 잔인해서 더욱 매혹적이었다. 위대한 시라노 드 베르주라크와 그의 망나니 같은 동료들이 아라스에 가지 못하게 해 모욕감을 느끼게 한다?

"무슨 일이 있어도 꼭 그렇게 해야겠소! 그래! 가스코뉴 놈들을 후방에 묶어두는 거야. 시라노의 못생긴 얼굴에 어떤 표정이 떠오르는지 보고 싶어서라도 말이오! 그 오만불손한 어릿광대 녀석이 거들지 않더라도 아라스를 함락시키는 건 문제없을 테니까!"

백작은 낄낄거리며 덧붙였다.

"공병工兵들이 성벽을 부술 때 그놈의 코를 통나무 대용으로 써먹지 못하는 건 좀 애석한 일이지만 말이오. 하하!"

그는 송로버섯을 찾으려고 땅을 헤집는 돼지처럼 다시 록산의 머리카락에 그 납작한 들창코를 들이밀고 킁킁거렸다. 그러고 나서야 비로소 아쉬운 듯이 그녀를 놓아주었다. 여러 지휘관들에게 전달해야 하는 편지들이 아직도 한 움큼이나 남아 있었고, 드 기슈 백작 같은 사람도 때로는 임무를 팽개칠 수 없는 경우가 더러 있기 때문이다.

록산 로비노는 비로소 긴 의자에 털썩 주저앉아 방금 그 순간의 아찔한 공포가 가라앉기를 기다렸다.

이윽고 그녀는 자신의 영리한 대응을 자축하면서 자신이 가장 좋아하는 생각, 즉 크리스티앙에 대한 생각에 다시 몰두할 수 있었다.

그날 저녁 어느 야회에 가는 길에 록산은 때마침 집 앞을 지나가던 시라노와 우연히 마주쳤다. 요즘 들어 신기할 정도로 그런 일이 잦았다. 그녀는 아무 말도 하지 않았지만 혹시 세상만사를 비웃는 이 냉소주의자가 재미 삼아 그녀의 남모르는 사랑을 조롱하려고 일부러 찾아오는 것 아닌가 생각할 정도였다. 그래, 그렇다면 나도 얼마든지 놀려줄 수 있다는 걸 보여줘야지!

시라노는 만나자마자 이렇게 말문을 열었다.

"오늘밤은 그 친구한테 어떤 문제를 낼 거야? 그 날개 달린 큐피드한테."

"아, 오늘밤은 사랑이라는 주제로 즉석에서 떠오르는 대로 말해보라고 할까봐요. 그이가 하는 말은 뭐든지 아름다울 테니까."

"좋군. 훌륭해. 그래."

"하지만 그이한테는 미리 말해주지 말아요. 알았죠, 오빠? 할 말을 미리 연습해두는 건 싫으니까!"

"그런 걱정이라면 붙들어매셔, 아가씨."

시라노의 마음속에 소용돌이치던 온갖 감정들이 차츰 가라앉아 안정을 되찾았다. 그는 즉시 자신의 두뇌 속에서 감정을 낱말로 바꾸고 낱말을 구애 수단으로 활용하는 부분을 가동시켰다. 록산에게 기쁨을 주기 위해 이렇게 말을 만들어가는 과정은 시라노에게도 크나큰 위안을 주었다. 아라스와 고블랭 일가*의 태피스트리 공장에서 제왕들도 감탄할 만큼 화려한 벽걸이를 만들어내듯이 시라노는 날마다 부지런히 말을 만들어냈다. 그리고 크리스티앙 드 뇌비예트는 그 말로 록산에게 사랑을 고백하여 그녀의 마음을 얻을 수 있었다.

---

* 프랑스의 염직물업자 가문.

시라노는 일부러 적당히 빈정거리는 말투로 이렇게 물었다.

"그런데 그 친구, 글솜씨는 괜찮은 편이야? 너의 단테, 너의 셰익스피어, 너의 오비디우스 말이야."

"오빠보다는 잘 쓰죠. 그건 확실해요!"

"정말? 왠지 좀 의심스러운걸."

"아, 물론 오빠 솜씨도 대단하지만 크리스티앙이 낱말을 조합하는 솜씨는 아무도 흉내 낼 수 없을 거예요! 하느님이 새들에게 옷을 입히듯이 그이는 사랑에 옷을 입히는 사람이에요! 그런 편지는 아무도, 아무도, 정말 그이 말고는 **그 누구도** 쓸 수 없다고요!"

그러면서 록산은 자신의 가슴을 지그시 눌렀고, 그래서 시라노는 자신의 편지가 그녀의 심장 가까이에 있음을 알게 되었다. 내가 쓴 말들. 나의 작품. 나의 사랑. 그것으로 충분하다. 벽에 붙은 옷걸이 같은 코를 가진 놈이 그 정도면 되었지, 더이상 무엇을 바라겠는가? 내가 숭배하는 마돈나가 이렇게 내 작품을 보고 행복해하는 모습을 볼 수 있거늘, 어느 명인인들 그 이상을 기대할 수 있으랴?

크리스티앙 드 뇌비예트를 다시 만났을 때 시라노는 몹시 흥분한 상태였다.

"잘 들어! 듣고 있나? 이번 주제는 사랑일세! 자, 그러니까 오늘밤 자네가 록산에게 할 말은…… 자꾸 딴전 피울래?"

그러자 크리스티앙이 말했다.

"이번엔 제가 하겠습니다."

시라노는 자기가 잘못 들었다고 생각했다.

"사랑이라고. 아주 간단하잖아. 정말 즐거운 시간이 될 거야! 자네가 처음에 할 말은……"

"필요 없어요. 이젠 도와주지 않으셔도 됩니다. 물론 고맙긴 한데요, 소대장님…… 우린 이제 그런 단계를 넘어섰거든요. 록산과 저 말입니다. 저도 어린애가 아니라고요. 여자를 품에 안고 사랑한다고 말하는 것쯤은 저도 할 수 있어요. 소대장님이 가르쳐주시지 않아도 된단 말입니다. 지금까지 도와주셔서 감사합니다만…… 이제부터는 제가 알아서 하겠습니다."

그러더니 곧 금발을 쓸어넘기며 가버리는 것이었다. 그는 넓은 어깨를 활짝 펴고 황동 마차등에 비친 자신의 모습을 곁눈질하며 걸어갔다. 시라노는 피우지도 않은 채 비벼 꺼버린 담배꽁

초와 같은 심정, 입에 대지도 않은 음식 쟁반을 치워야 하는 웨이터와 같은 심정이었다. 그의 머릿속에 만들어진 아름다운 벽걸이도 너덜너덜 찢어지고 말았다. 그는 이제 쓸모없는 폐물이 되어버렸다.

크리스티앙이 록산의 손에 입을 맞추었고 두 사람은 서로의 눈을 마주 보았다. 록산이 말했다.

"사랑에 대해 말해주세요!"

그녀는 크리스티앙이 무슨 말을 할까 기대하며 벌써부터 미소를 짓고 있었다.

"당신을 사랑해요."

깊은 인상을 남기는 긴 침묵이 흘렀다.

"그리고?"

"당신을 정말 사랑해요."

밤마다 감미로운 말의 성찬을 즐기는 데 익숙해진 록산은 둥지 속 굶주린 아기새처럼 눈을 깜박거리며 크리스티앙을 쳐다보았다.

"계속해봐요."

"아주 많이. 당신을 아주아주 많이 사랑해요."

두 사람은 아이 같았다. 그녀는 사랑받기를 갈망했고 그는 그녀의 마음을 차지하기를 갈망했다. 단순하기 짝이 없는 상황이었다. 그런데 어째서 그들은 이렇게 눈을 깜박거리며 겁먹은 얼굴로 서로 쳐다보기만 할까.

"오, 크리스티앙! 내게 마음을 열어봐요!"

"사랑한다니까요!"

"그건 알아요. 벌써 들었으니까. 하지만 당신은…… 그것 말고는 아무 말도 안 했잖아요!"

철사에 묶여 자란 오렌지나무처럼 말의 철사에 길들어버린 록산은 그것이 사라지는 순간 시들어버리고 말았다. 그가 던져준 변변찮은 몇 마디를 노려보면서 그 말들이 자라나 싹을 틔우고 꽃을 피우기를 간절히 소망했다.

"진심이에요!"

"뭐가요?"

"사랑한다고요!"

크리스티앙은 필사적으로 호소했다. 그의 말은 어김없는 진실이었고 치밀어오르는 열정이 목구멍을 틀어막아 숨이 막힐 것만 같았다. 그러나 사랑에 대하여 말하기는 싫었다. 솔직히 말하자면 사랑에 대하여 주절거리기만 하는 것이 지긋지긋해 죽을 지경이었다.

마음속에 떠오르는 말은 이미 다 해버렸다.

어제 했던 말들은 기억나지도 않는다.

새로운 말을 생각해낼 수도 없다.

솔직히 말하자면 굳이 생각하고 싶지도 않다.

게다가 지금은 두려움과 열망 때문에 입안이 바싹바싹 타들어간다. 여기 내가 있고 그녀도 있다. 그런데 내가 왜 갑자기 이렇게 별볼일 없는 존재가 돼버렸을까? 내 대본은 어디로 갔을까? 나를 위해 대본을 써주던 극작가는 또 어디로 갔나? 도대체이 판국에 시라노는 어디 있는 거야?

몹시 긴장하고 당황한 록산은 자신의 마음속에서 서서히 고개를 드는 지독한 불안과 극심한 혼란을 이해할 수 없었다. 머릿속의 나침반이 뱅글뱅글 돌기만 하는 듯한, 그래서 어제와 달리 오늘은 어느 쪽이 북쪽인지 갈피를 잡을 수 없는 듯한 기분이었다. 크리스티앙도 갑자기 크리스티앙이 아닌 것 같았다. 화려하고 달콤한 말 몇 마디 듣지 못했다고 이렇게 화가 나다니 정말터무니없는 일이다! 내가 이렇게 허영심 많은 여자였나? 그러나 크리스티앙이 자꾸 허둥대면 허둥댈수록, 아까부터 자꾸 똑같은 말을 되풀이하면 되풀이할수록 ─ "당신을 사랑해요! 아주 많이 사랑해요!" ─ 어쩐지 그가 점점 더 빛을 잃고 오그라들고 희미해지는 것 같았다. 심지어 그의 얼굴마저 예전처럼 멋있어 보이지 않았다. 록산은 자기도 모르게 버릇없는 아이처럼 모질고 혹독한 말을 내뱉기 시작했다.

"가요! 어서 가버려요! 당신은 나를 조금도 사랑하지 않는군요! 어쩌면 다른 여자한테 말을 다 써먹어 나한테 해줄 말이 안 남았는지도 모르죠!"

유치한 행동이라는 것은 그녀 자신도 알고 있었지만 드 기슈 백작 때문에 놀란 마당에 이런 실망까지 맛보게 되자 더이상 견딜 수 없어 당장 돌아서서 부리나케 집 안으로 들어가버렸다.

"제기랄!"

크리스티앙은 통렬하게 부르짖었다.

"제기랄, 제기랄, 제기랄!"

그때 어둠 속에서 그를 조롱하듯 천천히 손뼉을 치는 소리가 들려왔다. 시라노였다.

"아, 정말 잘했어. 아주 훌륭해."

록산이 자기 방에 들어서자마자 굵은 모래 한 줌이 날아와 유리창을 좌르르 두드렸다. 록산은 발코니로 나가보았다.

"아. 또 당신이군요."

잠시 침묵이 흘렀다.

"또, 또, 또다시! 불 켜진 창에 몸을 던지는 나방처럼 이번에도 또 나예요!"

그러자 마치 브랜디 한 모금을 마신 듯 록산의 기분이 훈훈하게 풀어졌다.

"조금 전엔 왜 그렇게…… 말을 못 했어요?"

다시 침묵.

"미안해요, 록산. 잠시 가슴이 벅차서 아무 말도 할 수 없었어요. 하지만 이젠 준비됐어요."

"좋아요! 계속해보세요!"

다시 침묵. 중얼거리는 목소리.

"거기 누가 또 있어요?"

"아뇨! ……저기 ……아니에요. 용기를 내자고 혼잣말을 했을 뿐입니다. 마음을 단단히 먹고 진실을 말하기 위해서……네? 뭐라고요?"

시라노는 너무 답답해서 한숨을 내쉬며 크리스티앙을 어둠 속으로 끌어당겼다. 바로 그곳에 시라노가 숨어서 할 말을 가르쳐주고 있었던 것이다. 그는 이렇게 속닥거렸다.

"이런 식으론 안 되겠어. 좀 비켜봐. 다른 방법을 써봐야겠어."

그때 록산이 소리쳤다.

"왜 그렇게 더듬거려요?"

그녀는 발코니 난간 너머로 몸을 내밀고 연못 속의 금붕어처럼 말을 건져내려고 어둠 속을 휘저었다. 그러자 귀에 익숙지 않은 목소리가 들려왔다. 평소보다 좀 굵고 긴장한 목소리였다.

"내가 하는 말들은 어둠 속에서 더듬더듬 당신을 찾아가야 하기 때문이죠. 당신의 말은 위에서 아래로 떨어지지만 내 말은 아래에서 위로 올라가야 하니까요."

"그럼 내가 다시 내려갈게요."

"안 돼요! 아니, 그러지 말아요! 내 말은 곧 날개를 갖게 될 거예요. 그냥 거기 있어요. 지금 이대로가 좋아요. 당신의 새하얀 여름 드레스는 밤하늘에 어렴풋이 빛나고, 나는 이렇게 내 결점을 감춰주는 어둠 속에 있으니까요. 말로는 도저히 표현할 수 없는…… 지금 이 순간이 나에게 얼마나 소중한지 당신은 상상도 못 할 거예요."

왜냐하면 이때 시라노는 자신을 위한 대본을 쓰고 자기가 하고 싶은 말을 얼마든지 할 수 있었기 때문이다. 그는 지금 위층에서 듣고 있는 여인에게 자신의 사랑을 고백하고 있었다.

"당신은 내 안에 깃든 종鐘과 같아요. 내 몸이 떨릴 때마다 당신 이름이 종소리처럼 내 가슴에 메아리쳐요. 록산! 록산! 록산!"

발코니의 록산은 이제껏 한 번도 경험하지 못한 전율에 온몸이 바르르 떨리는 것을 느꼈다. 아래쪽에서 들려오는 쉰 목소리, 그 생소한 목소리가 그녀의 가슴속에 울려퍼지며 그녀의 어린 시절을 새록새록 일깨워주었다.

"믿어줘요. 그대에게 정말 솔직하게 말하는 건 이번이 처음이에요."

"당신 목소리까지 달라졌어요."

"그건 이 어둠을 방패 삼아 처음으로 나 자신이 되었기 때문이죠. 목소리마저…… 변해버린 것 같다면 미안해요. 갑자기 다른 세계로 건너온 것처럼 이젠 아무것도 두렵지 않군요."

록산은 숨도 제대로 쉬지 못하고 발코니의 쇠붙이 난간을 힘껏 움켜쥐었다. 발밑에서 집이 기우뚱거리는 듯하고 밤하늘의 별들이 산산이 부서져 물보라처럼 쏟아져내리는 듯했다.

"두려워했다고요? 당신이?"

"그래요! 언제나 두려워했죠. 비웃음을 살까봐 겁이 났어요. 그래서 그대에게 손을 내밀면서도 한낱 꽃 한 송이를 따려는 것뿐이라고 애써 생각했어요. 사실은 달을 따려는 것과 마찬가지라는 걸 알면서도 말예요. 아, 록산, 그대를 향한 내 사랑을 표현하려면 이 세상에 존재하는 낱말들을 다 써도 모자랄 거예요."

록산은 자신의 두 뺨이 눈물에 젖었음을 어렴풋이 의식했다.

"그럼 오늘밤은 기발한 말장난 같은 건 안 하는 거예요?"

"절대로, 절대로 안 할게요. 그런 말장난은 처음부터 꺼내지도 말았어야 했어요! 열정은 검술 시합이 아니에요. 점수 따기 놀이가 아니라고요. 사랑은 생사가 걸린 문제예요. 사랑은 슬픔과 음악과 필사적인 노력이 필요한 일대폭풍 같은 거예요. 저 별들을 보세요, 록산! 저 광활한 하늘을 올려다보면 우리의 오만과 허세 따위는 깨끗이 사라지고 말아요. 우린 인생을 너무 경시하고 하루하루를 헛되이 낭비하죠. 잠시 주위를 둘러보기만 하면 기적을 목격할 수 있는데, 기적을 느낄 수도 있을 텐데 말예요. 아, 록산! 사랑 앞에서 당당히 경계심을 풀어버리지 못하는 사람, 그래서 그 사랑에 몸을 맡기고 단숨에 꿰뚫리지 못하는 사람은 정말 불쌍해요!"

록산은 발코니에서 탄성을 터뜨리며 한 손으로 앞가슴을 지그시 눌렀다. 그러다가 하마터면 아래로 떨어질 뻔해서 건물 벽을 뒤덮은 재스민 덩굴을 허둥지둥 붙잡았다. 저 멀리 내려다보이는 파리 시내가 마치 수많은 촛불을 켠 샹들리에처럼 허공에서 너울너울 춤추었다.

"그대가 나를 보아줄 때마다 나는 전보다 나은 사람이 될 수 있었어요. 더 용감하고 더 강하고 더 의욕적인 사람! 당신이 행복해질 수만 있다면 나 자신의 행복 따위는 얼마든지 포기할 수

있어요. 내 말 이해하겠어요? 드디어? 그렇군요! 당신도 이해한
거예요! 느낄 수 있어요!"

사실이었다. 사랑이 재스민 줄기와 가지를 타고 흘러 나뭇잎
이 ...한거리고 덩굴손이 돌돌 말리고 노란 꽃들이 꽃가루를
...렸다. 지금 ...같은 마치 손바닥을 서로 맞대고 손가락을
함께 엮고 ...는 것 같았다. ...잎에 입을 맞추자 재스민 향기가
너무 강렬해서 ...라노는 머리가 ...러울 지경이었다. 이윽고
고개를 들었을 때 ...꽃에 맺힌 이슬이 그...얼굴에 떨어졌다. 이
순간이 끝나는 것을 ...느니 차라리 당장 죽...리고 싶었다.

"왜 그렇게 떨고 있...요, 록산? 설마 나 때문에 슬퍼진 건 아
니겠죠? 나 때문에 우는 ...이에요? 정말 울고 있군...!"

어둠 속에서 록산이 들릴...말락 한 목소리로 ...답했다.

"사랑 때문이에요, 내 사랑...그뿐이에요. 그 ...엇도 아니고 사
랑 때문이라고요."

꿔다놓은 보릿자루처럼 잊혀버린 ...리앙은 어둠 속에서
넋을 잃은 채 두 사람이 주고받는 말을 듣고 있었다. 무슨 뜻인
지는 거의 알아들을 수 없었지만 왠지 몹시 불안했다. 어쨌든 록
산이 어딘가 달라졌다는 것만은 크리스티앙조차 분명히 알아차
릴 수 있었다. 록산은 어둠 속에서 크고 하얀 나방처럼 너울거렸
고 크리스티앙은 포충망으로 그녀를 사로잡고 싶었다. 록산은

울고 있었고 그는 그 소금기를 맛보고 싶었다. 그녀는 무엇인가를 간절히 원하는데—아무리 멍청해도 그 정도는 알 수 있다!—그것은 바로 크리스티앙 자신이 아니겠는가?

그때 시라노가 말했다.

"록산, 당신을 바라보는 것은 태양을 응시하는 것과 같아요. 시선을 돌린 뒤에도 천지사방 어디에나 당신의 잔상이 아른거리니까요. 내가 원하는 건 하나뿐인데, 그건 바로……"

"……입맞춤!"

그 순간 시라노가 움켜쥐고 있던 재스민 줄기가 우두둑 끊어졌다. 잠깐 동안 그는 그 목소리가 어디서 들려왔는지 알아차리지 못했다. 크리스티앙의 존재를 까맣게 잊어버리고 있었던 것이다. 그러나 곧 그 젊은이를 돌아보며 분통을 터뜨렸다.

"조용히 해, 멍청아!"

그때 록산이 말했다.

"입맞춤? 지금 입맞춤을 원한다고 했어요?"

"그래요!"

"아니에요! 내가 잠시 이성을 잃었어요. 신경 쓰지 말아요. 크리스티앙, 당장 이리 내려와!"

그러나 크리스티앙 드 뇌비예트는 바람처럼 내달아 벌써 재스민 덩굴 속에서 발 디딜 곳을 찾고 있었다. 시라노는 그를 말리려고 얼른 허리띠를 붙잡았다.

"자네 미쳤나? 지금 어딜 가는 거야?"

"준다는데 받아야죠! 노닥거릴 시간은 지났어요! 말이 너무 많았다고요!"

크리스티앙은 시라노의 손을 뿌리치고 허둥지둥 건물 벽을 기어오르기 시작했다. 그는 시라노의 말을 귀담아 들어줄 기분이 아니었다(더구나 뭐라고 딱 꼬집어 말할 수는 없지만 시라노는 왠지 그날 밤을 자기가 독차지하려는 것처럼 보였다). 지금 크리스티앙은 오로지 록산을 품에 안아야겠다는 생각밖에 없었다.

시라노는 감히 그를 뒤쫓지 못했다. 못생긴 얼굴이 바다 밑바닥에 가라앉은 닻처럼 그를 지상에 찍어눌렀다. 질식할 듯한 어둠 속에 홀로 남은 그는 수면과 생명과 공기를 향해 헤엄치며 떠오르는 연적의 모습을 속수무책으로 바라볼 뿐이었다. 크리스티앙 한 마리 날치처럼 가볍게 난간을 뛰어넘었다. 하얀 두 손이 그의 머리를 감싸쥐었고 그녀의 손가락이 그의 금발 속으로 파고들었다.

시라노는 자신의 머리카락을 힘껏 움켜쥐었고, 그 고통은 또 하나의 고통을 거의 지워버릴 정도였다. 크리스티앙의 말이 옳다. 이것은 지극히 정상적이며 자연스러운 과정이다. 우정에서 구애로, 구애에서 입맞춤으로. 차라리 지금 이 어둠 속에서 소금처럼 녹아버릴 수만 있다면 저 장면을 지켜보지 않아도 될 텐데. 내가 원했던 모든 것을 크리스티앙 드 뇌비예트가 빼앗아가는 동안, 밤하늘의 달을 따서 잘 익은 배처럼 맛있게 먹어치우는 동안 이렇게 구경만 하고 있지는 않았을 텐데.

　시라노는 작은 소리로 중얼거렸다.

　"입술은 저 녀석의 입술이지만 지금 록산이 맛보는 건 내가 해준 말들이야. 저 녀석 입술엔 내 말이 묻어 있다고. 내가 한 말이!"

5

달에서 떨어진 사나이
The Man Who Fell Out of the Moon

"실례합니다. 여기가 마드무아젤 로비노 댁입니까?"

"뭐라고요?"

수도사였다. 갈색 피부에 작은 야행성 동물처럼 반짝거리는 눈을 가진 왜소한 사람이었다.

"마드무아젤 로비노에게 전해드릴 편지가 있는데요. 여기가 그 아가씨 댁인가요?"

시라노가 대답했다.

"아닙니다. 저리 가세요."

조금 전에 그녀의 행복을 위해서라면 자신의 행복도 기꺼이 포기하겠다고 호언장담하지 않았던가? 그래, 록산과 크리스티앙의 저 황홀한 순간을 방해한다는 것은 있을 수 없는 일이다.

수도사는 걱정스러운 듯이 눈을 크게 떴지만 곧 돌아서서 반대쪽으로 걸음을 옮겼다.

"이런, 이런, 드 기슈 백작이 보낸 편지를 가져왔는데!"

그 이름이 포성처럼 크게 들렸다. 그냥 무시해버리기엔 너무 위험한 이름이었다. 시라노는 부리나케 수도사를 뒤쫓아가서, 아닌 게 아니라 재스민으로 뒤덮인 그 집에 마드무아젤 로비노가 산다는 사실이 문득 떠올랐다고 말했다.

"로비노를 도미노로 잘못 들었거든요."

시라노는 큰 소리로 그렇게 말했다. 발코니의 연인들에게도 충분히 들릴 만큼 큰 소리였다. 그러자 난간 너머에서 남자의 머리와 어깨가 나타났다. 시라노는 짐짓 놀라는 시늉을 했다.

"아니, 이게 누구야! 잘 있었나, 크리스티앙! 밤마다 어딜 가나 했더니 여기 와 있었구먼. 나도 막 지나가던 참인데 여기 이 훌륭하신 분을 만났지 뭔가. 우리 팔촌누이 마드무아젤 로비노에게 편지를 전하러 오셨어!"

귀에 거슬리게 쟁쟁거리는 목소리였다. 조금 전에 재스민 향기 그윽한 어둠 속에서 말하던 그 사람과 동일인이라고는 아무도 생각할 수 없을 터였다.

시라노는 크리스티앙의 태도에서 불쾌감을 엿볼 수 있었다. 록산도 쌀쌀맞게 인사를 건넸다.

"시라노 오빠?"

낯선 목소리였다. 진정한 신사라면 이렇게 길거리에 서서 점잖은 숙녀와 그 연인에게 큰 소리로 말을 걸어 난처하게 만들진 않는 법이다. 시라노는 그래도 어쩔 수 없는 일이라고 생각했다. 드 기슈 백작은 재앙 덩어리다. 시궁쥐가 벼룩 떼를 몰고 다니듯 말썽을 몰고 다니는 위인이다. 그런 자가 무슨 일로 한밤중에 록산에게 편지를 보냈을까?

록산은 수도사로부터 편지를 받으려고 길거리로 나왔지만 너무 어두워 잘 읽을 수 없었다. 그래서 현관 불빛이 비치는 곳으로 돌아가보았지만 단어들이 종이 위에 기어다니는 검은 풍뎅이로만 보이기는 마찬가지였다. 시라노는 천연덕스럽게 록산의 등 뒤로 다가가서 어깨 너머로 편지를 훔쳐보았다.

편지의 내용은 다음과 같았다.

거룩한 마돈나여,

내 명예를 염려하는 그대의 상냥한 마음을 알면서도 결심을 바꿀 수 없었소. 한 시간 안에 그대를 찾아가리다. 내 마음을 송두리째 가져가버린 숙녀와 달콤한 하룻밤을 맛보지도 못한 채 내 어찌 죽음이 기다리는지도 모르는 전쟁터로 떠나갈 수 있겠소? 부디 나를 다정하게 맞이해주시오. 열린 마음, 너그러운 마음으로 맞아주시오. 그리고 하녀는 반드시 내보내시오.

사랑과 희망을 가득 품고 그대에게 달려가리다.

그대를 경애하여 마지않는
앙투안으로부터

록산이 손에 쥔 편지가 파르르 떨렸다. 그때 문득 그녀의 등뒤에서 나지막이 으르렁거리는 소리가 들렸다. 고개를 돌려보니 시라노가 어깨 너머로 편지를 노려보면서 성난 개처럼 악다문 이를 허옇게 드러내고 있었다.

이제 금방이라도 드 기슈 백작이 들이닥칠 터이다. 재스민이 만발한 이 집으로, 그녀에게 흑심을 품고, 돼지처럼 코를 들이밀고 감언이설을 늘어놓으며, 그리하여 그녀의 인생에서 가장 아름다운 이 밤을 시커면 두더지처럼 엉큼한 욕망으로 더럽힐 것이다. 이를 어쩌면 좋을까?

적의 매복을 만나면 자신의 눈부신 칼솜씨를 믿고 우선 검부터 뽑아드는 것이 팔촌오빠의 방식이었다. 그러나 록산도 자신의 안전과 행복이 위험에 처한 상황에서는 시라노 못지않게 신속하게 판단하고 행동할 수 있는 여자였다. 그녀는 수도사에게 이렇게 물었다.

"이 편지 내용을 아세요, 신부님?"

수도사는 양쪽 귀가 펄럭거릴 만큼 세차게 머리를 가로저었다.

"아, 그럼 제가 읽어드릴까요? 제겐 별로 반가운 소식이 아니라서 아쉽지만요."

수도사는 어린애처럼 들떠 얼굴이 확 밝아졌다. 시라노는 록산과 눈을 맞추고 빙그레 웃었다. 그녀의 속셈을 짐작한 듯했다.

"편지엔 이렇게 적혀 있어요."

(록산은 거짓말을 하기 시작했다.)

마드무아젤,

추기경 예하께서 그대의 조속한 혼인을 바란다는 뜻을 밝히셨소. 그대에게 이 소식을 전하기 위하여 내가 전령으로 선택한 분은 대단히 출중하고 슬기로우며 믿음직스러운 신부님이오.

그대가 이같은 안배를 탐탁잖게 여길 수도 있다는 것은 나도 잘 알고 있소. 그러나 두말할 나위 없이 추기경님의 말씀은 반드시 따라야 하고, 때로는 사사로운 감정들을 접어둘 수밖에 없는 것이오. 예하께서 그대와 맺어주려 하시는 사람은 드 뇌비예트 남작이라는 젊은이로, 현재 근위대에 복무하는 청년 귀족이오.

아마 조금은 안면이 있을 거요. 그대가 신속히 순종하기를 바라면서 다른 구실을 붙여 그 뢰비예트라는 친구를 그리로 보냈소. 대략 이 편지와 비슷한 시각에 그대의 거처에 당도할 것이오. 어쩌면 이미 그곳에 가 있는지도 모르겠군. 참으로 출중하고 신앙심이 깊으며 누구에게나 호감을 주는데다 듬직하기까지 한 신부님께서 지체 없이 결혼식을 집전해주실 것이오. 부디 그대가 겸양과 용기로 이 시련을 이겨내기를 당부하오.

그대의 종복을 자처하는, 어쩌고저쩌고,

앙투안 드 기슈 백작

그러자 수도사가 외쳤다.

"아, 그런데 아가씨! 벌써 날이 저물었어요! 결혼식은 햇빛이 있을 때 해야 합니다. 법도에 어긋나지 않으려면 아무리 빨라도……"

그때 시라노가 록산의 어깨 너머로 건너다보며 장갑 낀 손으로 편지 아랫부분을 가리켰다.

"아, 여기 좀 봐! 추신이 있었네!"

추신: 내가 신뢰해 마지않는 전령이자 신부님께서 아무것도

따지지 않고 지체 없이 추기경 예하의 말씀대로 봉행할 경우, 그 사례금으로 적어도 금화 20루이쯤 드릴 것을 부탁하겠소.

그러자 수도사가 외쳤다.

"오! 촛불이 있으면 괜찮을 거예요. 많이 켜놓기만 하면요."

크리스티앙 드 뇌비예트가 당장 집 안으로 달려들어가서 촛대, 십자가, 포도주, 혼인성사가 실린 기도서, 그리고 뇌물로 줄 돈 따위를 찾아 헤매기 시작했고……

시라노는 양을 약욕통藥浴桶으로 데려가듯이 수도사를 집 안으로 안내하며 물었다.

"얼마나 걸립니까? 시간이 얼마나 필요하죠? 이 결혼식 말입니다."

수도사가 말문을 열었다.

"흐음, 아마 삼십 분 정도면 충분하겠지만……"

"십오 분 내로 끝내주시면 내가 사례금 20루이뿐만 아니라 저녁식사도 대접하고 부르고뉴 포도주 한 병까지 덤으로 드리리다."

결혼식 도중에 드 기슈가 시꺼먼 흉계를 품고 들이닥치는 날이면 록산의 행복도 끝장나고 만다. 한순간도 허비할 수 없다.

온 집 안이 발칵 뒤집혔다. 록산이 시녀를 부르는 소리, 크리스티앙이 빗을 달라고 외치는 소리, 임시 제단을 만들려고 가구를 옮기면서 드르륵거리고 퉁탕거리는 소리. 그런 소란통에 다른 소리를 알아차린 사람은 아직 문간에서 빛과 어둠 사이에 어중간하게 서 있던 시라노뿐이었다. 값비싼 장화를 신고 판석길을 밟는 나지막한 발소리.

드 기슈가 벌써 가까이 와버렸다.

시라노는 쏜살같이 현관 계단을 뛰어내려간 후 화분들 사이를 이리저리 비집고 달려가서 나무 한 그루에 훌쩍 매달렸다. 그리고 잎이 무성한 가지를 찾아 점점 더 높이 기어올랐다. 나뭇가지에 모자챙이 걸리거나 옷자락이 긁히고 간혹 얼굴을 찔리기도 했다. 나무 우듬지 근처에 길 위로 길게 뻗은 튼튼한 가지 하나가 있었다. 그가 생각하는 용도에 딱 맞는 높이였다. 다만 땅으로 뛰어내릴 때 양 발목이 부러져버릴 수도 있겠는데……

다가오는 사람은 복면으로 얼굴을 가렸지만 틀림없이 드 기슈였다. 하늘하늘한 망토 끝자락이 검은 물거품처럼 그의 정강이를 휘감으며 너울거렸다. 그는 상체를 수그리고 바삐 걸음을 옮겼다. 록산과의 황홀한 시간을 상상하다가 마음이 급해진 모양이었다. 이대로라면 시라노가 딛고 있는 바로 그 가지 밑으로 오게 될 것이다.

시라노는 두 무릎을 구부리고 심호흡을 몇 번 했다. 아니, 잠깐! 혹시 드 기슈가 내 목소리를 알아차리면? 그럴 가능성이 높다. 아무래도 외국 말투를 쓰는 게 좋겠는데. 그래, 영국식 말투로 하자.

창마다 대낮처럼 불을 밝힌 록산의 집이 몇 걸음 앞쪽에서 범선처럼 이리저리 흔들거렸다. 지금쯤 집 안에서는 크리스티앙이 달처럼 하얀 제병祭餠을 받아먹으려고 입을 벌렸다가 다물고 그것이 혀끝에서 녹아내리는 감촉을 느낄 것이다. 크리스티앙이 록산과 결혼식을 올린다. 그가 시라노의 하늘에서 달을 빼앗아 삼켜버리면 시라노에게 남는 것은 어둠뿐이다. 이번엔 록산이 제병을 받아먹고 혼인서약을 한다. 그녀의 연인, 소중한 꿈 같은 그 남자와 결혼하는 것이다. 시라노도 입을 벌렸다. 그러자 오래전부터 하고 싶었던 말이 하얀 제병처럼 혀끝에서 스르르 녹아내렸다. 그대와 결혼하겠소, 록산! 죽을 때까지, 아니, 그다음까지! 내 아내가 되어주시오!

앙투안 드 기슈는 비틀거리며 뒷걸음쳤다. 거대한 그림자가 길게 비명을 지르며 떨어져내리더니 바로 드 기슈의 발치에서 한 바퀴 구르고 우뚝 멈춰 섰기 때문이다.

"으아! 화들짝! 놀라워라! 웬일이냐! 이렇게 떨어졌는데 안 죽다니! 신기하네! 정말 굉장해! 여긴 또 어디지?"

드 기슈는 머리 위를 올려다보았다. 텅 빈 하늘에 둥실 떠 있는 보름달 말고는 아무것도 없었다.

"당신 도대체 어디서……"

"그야 물론 저 위에서 떨어졌죠, 선생, 네, 그래요! 보시다시피 저 달에서 떨어졌고요―그런데도 뼈가 하나도 안 부러지다니―뭐, 어쨌든 많이 부러지진 않았거든요. 대단한 행운이죠! 아무튼 저는 '어디서'보다 '어디로'가 더 궁금해요! 말씀 좀 해주시죠! 제가 떨어진 이곳은 어딥니까? 행성인가요? 어느 태양계죠? 아니면 유성인가요? 그것도 아니면 어느 행성의 위성인가요? 도대체 어딥니까?"

"저리 비키시오! 정신 나간 친구였군! 난 지금 미치광이를 상대해줄 여유가 없다고!"

그러나 '달에서 떨어진 사나이'는 다짜고짜 등뒤에서 드 기슈

90

에게 달라붙어 밧줄타기를 하듯이 재빨리 기어오르더니 그의 목덜미에 뜨거운 숨을 훅훅 내뿜으며 헐떡거렸다.

"얼마나 오랫동안 떨어졌는지 모르겠어요. 몇 분이었는지, 몇 달이었는지. 시간관념이 없어지거든요. 쳇! 내 꼴 좀 보세요. 이렇게 우주먼지로 뒤범벅이 됐잖아요. 박차엔 태양의 코로나가 몇 가닥 걸려 있고…… 또 눈은 별들의 산성 물질 때문에 시뻘겋게 충혈됐어요. 그리고 혜성 꽁무니에서 떨어져나온 이 실들은…… 나 참, 옷에서 떼어내기가 개털보다 더 어렵네요."

그러나 그는 아직도 드 기슈의 등에 매달려 있었으므로 드 기슈는 그의 모습을 확인할 수가 없었다.

"어서 비키라니까! 급하단 말이오!"

드 기슈는 곧이어 은밀한 어조로 속닥거렸다.

"이것 보시오. 나는 젊은 숙녀분과 약속이 있단 말이오!"

그러자 달에서 떨어진 사나이가 의기양양하게 소리쳤다.

"아하! 연인들의 만남인가요? 그렇다면 여긴 파리가 틀림없군요! 정말 잘됐어요! 내가 출발한 곳이 바로 파리였거든요!"

드 기슈는 자기도 모르게 호기심이 총 맞은 토끼처럼 꿈틀거리는 것을 느꼈다.

"떨어지기만 한 게 아니라 올라가기도 했다는 거요?"

"물론이죠! 내가 직접 고안한 방법을 썼어요! 선생의 망토에 얼굴을 좀 닦아도 될까요? 은하수를 지날 때 물벼락을 맞았거든요. 그리고…… 아야야! 무사히 벗어난 줄 알았는데 역시 큰곰자리가 내 발목을 한 입 물어뜯은 모양입니다."

"당신은 미쳤거나 곤드레만드레 취한 게 분명하군."

드 기슈는 그렇게 쏘아붙이며 다시 시라노를 뿌리치려 했다.

"나도 책을 내야겠어요. 요즘은 개나 소나 다 책을 내잖아요. 방금 전에 별표 대신 써먹으려고 아주 작지만 쓸모가 많은 별들을 몇십 개쯤 집어왔는데……"

"그런 헛소리를 늘어놔봤자……"

"그래서 제가 달 탐사 때 발견한 사실들을 얘기할 수가 없는 겁니다. 충분히 이해하시겠죠? 지금 선생은 달이 뭐로 만들어졌는지, 그리고 그곳에 생명체가 있는지 궁금해 죽을 지경이겠지만…… 책을 출판하기도 전에 그런 정보를 누설했다가는 판매량이 절반으로 뚝 떨어질 테니까요."

드 기슈는 속이 타서 헐떡거렸지만 미치광이는 그를 화분 위에 억지로 눌러앉히고 말도 안 되는 소리를 계속 지껄여댔다. 이 얼간이는 턱이 반쯤 가려질 정도로 모자를 푹 눌러써서 여전히 얼굴을 볼 수가 없다!

달에서 떨어진 사나이가 말했다.

"별들의 계단을 오르는 네 가지 방법쯤은 물론 선생도 알고 계시겠죠? 달에 올라가는 네 가지 방법 말입니다."

"네 가지 방법?"

"……물론 허풍쟁이 레기오몬타누스*와 아르키타스**가 써놓은 것처럼 독수리나 비둘기 따위를 타고 날아가는 방법은 빼야겠지요."

백작은 속으로 생각했다. 미치광이치고 꽤 유식한 놈이라는 건 인정해야겠구나. 그리고 말했다.

"그 얘기를 들을 시간이 있으면 좋겠지만 지금은 아무래도……"

"첫째! 이십면체로 된 상자를 만들고 그 내부에 거울을 붙이면 광선이 거울에서 거울로 이리저리 반사되면서 공기를 정화시키죠. 그러면, 짜잔, 상자가 저절로 떠올라요."

"설마!"

"그리고…… 둘째! 이른 아침에 옷을 홀라당 벗고 이슬을 담은 병을 여기저기 묶어두는 겁니다. 귀에도, 코에도, 손가락에도—아무튼 웬만큼 튀어나온 부분이라면 어디든지 주렁주렁 매달아놓는 거예요. 그렇게 하면 해가 떠오르면서 풀밭이나 잔

---

* 삼각법을 탄생시킨 독일 천문학자, 수학자. 나무로 만든 독수리를 타고 날아가 신성로마제국 황제를 만났다고 한다.
** 그리스 정치가, 기술자, 수학자. 나무로 만든 새를 타고 이백 미터쯤 비행했다는 기록이 있다.

디밭 같은 곳에서 이슬을 증발시킬 때 자연히 그 병들도 함께 들어올리게 되는데─이때 물론 실이 파고들어 **조금** 아프긴 하지만……"

드 기슈는 그 불쾌감을 상상하면서 옷매무새를 매만졌다. 그러다가 양쪽 팔꿈치를 무릎에 얹고 두 손으로 턱을 고인 채 눈앞에 생생히 펼쳐지는 공상과학소설의 한 장면을 멍하니 바라보았다.

우주 여행자가 말했다.

"세번째 방법은 제가 설계도를 직접 본 적도 있어요. 다리에 용수철 장치를 달고 화약을 터뜨려 작동시키는 쇠붙이 메뚜기였는데…… 칼 만들 때 쓰는 최고급 강철로 만들었다면 또 모를까, 나 같으면 그런 물건엔 절대로 안 타겠어요. 너무 위험한 짓이니까요."

"음, 내가 생각해도 그건……"

"그리고 네번째는 아주 간단한 방법이라서 아마 선생도 벌써 생각해봤을 겁니다. 자석 이용법 말입니다."

"저기…… 그……렇소. 물론이오. 들으면 생각이 나겠는데……"

"철판 위에 앉아서 머리 위로 거대한 자석을 던지는 거예요. 자석에 이끌려 철판이 떠오르게 되죠. 그때 자석을 다시 던지고,

철판이 다시 떠오르고…… 우리 프린턴 사람들이 흔히 쓰는 표현을 빌리자면 그렇게 주구장창 계속하는 겁니다."

"그래서 댁은 어떤 방법을 썼소?"

드 기슈는 완전히 넋을 잃었다. 화분의 흙이 축축했지만 이미 홀려버린 그의 정신을 일깨우지는 못했다.

"다섯번째 방법이었죠! 어느 날 밤, 한사리에 맞춰 센 강에서 헤엄을 쳤습니다. 그러고 나서 아직 몸이 젖은 상태로, 떠오르는 달 쪽으로 머리를 두고 강변에 드러누웠어요."

시라노는 그 장면을 보여주려고 뒤로 벌렁 누웠다. 장화가 드 기슈 쪽을 향하고 있었지만 모자가 얼굴을 가려주었다. 시라노의 가슴이 물결처럼 오르락내리락했고, 모자 밑에서는 해안으로 밀려드는 파도와 똑같은 소리가 흘러나왔다.

"그랬더니 달이 뜨면서 조수를 끌어당겨 점점 더 높이 밀어올렸고, 그렇게 잡아당기는 힘이 나까지 하늘로 들어올리더군요. 아주 편안하고 순조로운 여행이었어요. 그런데 느닷없이 엄청나게 거대한……"

그때 집 안에서 웃음소리가 터져나왔다. 그리고 문이 벌컥 열리면서 달이 바다 위에 드리우듯 환하게 뚫린 빛의 길이 나타났다. 바로 그 길이 지나가는 곳에 우주 여행자가 누워 있었다. 그의 모자띠에 꽂힌 하얀 깃털 하나가 살랑살랑 흔들렸다.

드 기슈가 안달이 나서 재촉했다.

"그래서? 어서 계속하시오. 느닷없이 엄청나게 거대한……"

모자 밑에서 남자의 대답이 들려왔다.

"침묵이었소. 느닷없이 엄청나게 거대한…… 침묵이 몰려
왔소."

그는 얼굴을 드러내고 일어나 앉았다. 영국식 말투도 사라졌
다. 그의 프랑스어는 조용하고 차분했다.

"이젠 됐소. 끝났단 말이오. 그녀는 결혼했소. 이제 그만 가보
시오, 드 기슈 백작."

"시라노?!"

드 기슈는 어리둥절했다. 자기가 유치한 장난에 놀아났다는
사실을 깨달았지만 처음에는 그것밖에 몰랐다. 그러다가 신랑신
부와 수도사와 시녀가 웃고 떠들고 축하하며 밖으로 나왔고, 그
제야 백작은 시라노가 그렇게 자기를 붙잡고 있었던 이유를 서
서히 알아차렸다. 그가 사유재산처럼 생각했던 여자가 크리스티
앙 드 뇌비예트의 팔에 기댄 채 걸어오고 있었다.

드 기슈는 화분 위에서 벌떡 일어났고 성큼성큼 크리스티앙
앞으로 걸어가서 얼굴을 바싹 들이댔다.

"네놈 연대도 아라스로 출동하라는 명령이 떨어졌어, 풋내기.
어서 귀대해."

"아, 그렇지만 백작님……!"

"당장 귀대하란 말이야! 네놈도, 그리고 네놈의 왕코 소대장도."

새색시가 놀라서 헉 소리를 냈다.

"앙투안! 설마 크리스티앙을 전쟁터로 보내려는 건 아니겠죠?"

"저 녀석도 군인이잖소? 그러니 전쟁터로 보내는 수밖에 더 있소? 기왕이면 지옥으로 보내버릴 수 있다면 더 좋겠지만."

결혼식에 참석한 사람들은 몹시 당황하여 허둥거렸다. 애원, 맹세, 질책, 반박, 작별인사 등등.

그러나 시라노와 드 기슈 사이에는 맹렬한 증오심만이 납덩이처럼 무겁게 공기를 짓누르고 있었다. 백작이 윗입술을 일그러뜨리며 이렇게 말했다.

"내가 자네의 그 가소로운 음모를 뭉개버렸지? 안 그런가, 결혼식 바람잡이? 두 사람이 결혼식은 올렸을지 몰라도 첫날밤은 못 치를 테니까!"

그러나 시라노가 갑자기 우렁찬 폭소를 터뜨리는 바람에 백작은 깜짝 놀랄 수밖에 없었다. 시라노가 달을 우러러보며 부르짖었다.

"하! 첫날밤은 못 치른다! 저 얼간이는 그런다고 '내가' 괴로워할 줄 아는구나!"

희고 밝은 달빛 때문에 그의 생김새가 더욱더 두드러져 보였다.

미로 같은 골목들 사이로 군대의 북소리가 끈덕지게 들려왔다. 군인들을 소집하는 북소리였다. 시라노는 크리스티앙을 데리고 황급히 그 자리를 떴다. 록산의 애원 섞인 외침으로부터 빨리 벗어나고 싶은 마음에 보폭이 저절로 넓어졌다.

"사랑해요, 크리스티앙! 가지 말아요! 내일 가도 되잖아요! 아, 편지 보내요, 크리스티앙! 저 사람 좀 지켜줘요, 시라노! 잘 보살펴줘요! 편지 꼭 쓰라고 해요! 편지 쓰게 하겠다고 약속해 줘요!"

시라노의 가슴속에서 심장이 덜컥덜컥 내려앉았다. 그 소리는 북소리라기보다 차라리 망가진 문짝이 바람결에 이리저리 부딪히는 소리처럼 들렸다. 그는 어깨 너머로 이렇게 소리쳤다.

"목숨을 걸고 약속할게! 목숨을 걸고!"

6

고통을 달래며

Easing the Pain

굶주림. 면도칼이 시인의 깃펜을 깎아 뾰족하게 다듬듯이 굶
주림은 모든 감각을 예민하게 만든다. 이 주 동안이나 음식을 맛
보지 못하면 비가 추적추적 내리고 연기가 자욱한 날의 실낱같
은 햇살에도 눈이 부시게 된다. 쥐들이 찍찍거리는 소리, 써억써
억 칼 가는 소리…… 그런 소리들이 귀에 거슬리고 신경을 긁는
다. 멀리서 적군이 식사 준비를 하는 냄새가 풍겨오면 곧 죽음의
냄새와 뒤섞이면서 이중의 고통이 덮쳐온다. 전우조차 고통의
원인이 된다. 굶주림으로 인한 어지럼증에 시달리며 비틀비틀
지나가다 뼈만 앙상한 팔꿈치로 쿡쿡 찌르기 때문이다. 다들 신
경이 바싹 곤두서서 금방이라도 폭발할 지경이다.

"정지! 거기 누구냐!"

아라스 포위작전은 참담한 실패작이었다. 프랑스군이 도시를 에워싸기가 무섭게 이번에는 스페인군이 그들을 에워쌌다. 포위 군이 오히려 포위당한 것이다. 그리하여 그들은 도시의 성벽과 스페인군의 총칼 사이에 갇혀 오도 가도 못한 채 이따금씩 소규 모 전투를 벌이며 주린 배를 안았고, 또 굶주린 채 싸워야 했다. 카스텔잘루 휘하의 근위대원들은 모두 가스코뉴의 귀족 가문에 태어나 꿩고기와 부르고뉴 포도주를 즐기며 성장한 젊은이들이 었다. 그런 그들이 지금은 쥐고기와 쐐기풀, 참새고기, 풀뿌리 따위로 연명한다. 그리고 날마다 고향 가스코뉴를 그리워하고 연인과 어머니를 생각하며 한탄으로 시간을 보낸다.

크리스티앙 드 뇌비예트도 예외가 아니었다. 그는 '미완성 아 내'라고 할 수밖에 없는 록산을 그리며 한숨지었다. 파리에서의 마지막 밤은 그에게 달콤한 혼란의 기억으로 남아 있었다. 마치 공기를 마시러 수면으로 솟아오르는 금붕어처럼 이따금씩 그의 뇌리에 의문이 떠오르곤 했다. 그날 밤 두 사람은 처음부터 다퉜 는데 어쩌다가 나중엔 결혼까지 하게 되었을까? 록산은 왜 시라 노의 말을 들으면서 울었을까? 그리고 크리스티앙이 가정으로 돌아갔을 때—물론 돌아갈 수 있다면 말이지만—과연 록산이 듣기 좋은 말 대신 입맞춤으로 만족할 수 있을까? 현실적인 걱정거리도 있었다. 록산은 어디서 살고 싶어할까? 용돈은 얼마나 필요할까……? 그녀에게 편지로 물어보고 싶었지만 그는 지금 벽돌과 총칼 사이에서 꼼짝도 못하는 신세다. 편지를 전달하기란 불가능했다. 그래서 그는 굶주림과 갈망을 피하기 위해 담요 같은 잠 속으로 도망치는 쪽을 택했다.

"정지! 거기 누구냐!"

스페인군의 소총이 불을 뿜기 시작했다. 보초병들은 발끝을 세우고 비 내리는 들판 너머 밀밭에서 벌어지는 소동을 주시했다. 누군가 몸을 잔뜩 구부린 채 달려가고 있었다. 그는 흠뻑 젖은 농작물을 헤치고 자욱한 물보라를 피워올리며 앞으로 내달았고, 사방에서 빗발치는 총탄이 밀 이삭을 으스러뜨렸다.

르 브레가 보초병에게 소리쳤다.

"쏘지 마! 쏘지 말라니까! 저건 시라노야!"

그는 최대한 갈 수 있는 데까지 마중을 나가서 친구의 등을 철썩 때린 다음 온갖 욕설과 비난을 퍼붓기 시작했다.

"이 형편없는 얼간이 자식! 어쩌자고 그런 짓을 한 거야? 도대체 어디 갔었어? 나도 참, 다 알면서 뭘 물어보는지. 똥줄 타게 걱정했잖아! 혹시 어디 다쳤나?"

"아냐, 아냐. 스페인 놈들, 빗맞히는 솜씨가 꽤나 늘었어. 내 덕분에 연습을 많이 했거든."

르 브레는 늙은 칠면조처럼 끌끌거리며 연신 혀를 찼다.

"애들이 쫄쫄 굶고 있어. 먹을 건 좀 가져왔나?"

시라노는 망토에 묻은 빗물을 툭툭 털었다.

"간단히 편지만 부치고 왔어. 몸이 가벼워야 빨리 뛰지."

"자넨 미쳤어. 그건 자네도 알지? 간단히 편지만 부쳤다고? 웃기는 소리."

르 브레는 시라노가 생사를 도외시하고 스페인군 진영을 넘나들며 위험을 자초한다는 사실을 알고 있었다. 게다가 날마다 그렇게 어처구니없는 짓을 하는 이유는 고작 파리에서 기다리는 한 여인에게 종이 한 다발을 보내기 위해서였다.

"록산에게 크리스티앙이 꼭 편지를 쓰게 하겠다고 약속했어."

"그건 알겠는데, 그렇다고 날이면 날마다?"

르 브레는 친구의 앞가슴을 손가락으로 훑었다. 모직옷에 달라붙은 진흙이 뭉텅이로 떨어져나왔다. 날마다 동트기 전 시라노는 친구의 걱정근심도 아랑곳 않고 살금살금 야영지를 빠져나가 산울타리의 개구멍을 통과하고 밭고랑을 지나고 돌담을 뛰어넘고 수렁을 건넜다. 도중에는 스페인군 바로 코밑을 지나가야 했는데, 이를테면 그들의 모닥불이 남긴 잿더미 위를 포복으로 통과하기도 하고 그들의 천막을 지탱하는 밧줄 밑으로 빠져나가기도 했다. 적군의 말을 슬쩍하거나 정찰대와 싸우는 일도 있었다. 고작 어느 외진 마을이나 여관에 들러 그날그날의 '말 보따리'를 보내기 위해 그렇게 온갖 고생을 마다하지 않는 것이다. 르 브레는 야영지를 가로질러 달려가는 시라노의 등을 향해 소리쳐 물었다.

"이번엔 또 어디 가?"

"뻔하잖아. 편지 쓰러."

시라노는 길목에 잠들어 있는 한 병사를 발견하고 냉큼 넘어가려다가 문득 동작을 멈추었다. 크리스티앙이었다. 죽은 듯 창백했지만 여전히 천사처럼 아름다웠다.

시라노에게 무시당했다고 생각한 르 브레가 이렇게 소리쳤다.

"전에 보낸 편지나 다시 읽으라고 하면 되잖아!"

시라노는 젊은이를 깨우지 않으려고 조용히 대답했다.

"편지가 안 오면 록산은 이 친구가 다쳤다고 생각할 거야. 록산이 현실을 알게 되면…… 내가 편지를 보내는 이유는 무엇보다 록산을 안심시키기 위해서라고."

그러나 그 말은 사실이 아니었다.

그는 마치 군의관이 피를 뽑듯이 편지를 썼다. 그것은 열과 병, 그리고 망상을 해소하기 위해서였다. 아라스와 스페인군 사이에서, 생존과 죽음 사이에서, 그의 마음속에 온갖 생각이 꼬리에 꼬리를 물고 이어져 머리가 터져버릴 지경이었다. 그가 록산에게 해줄 수 있는 것은 그녀의 젊은 남편을 안전하게 지켜주는 일뿐이었다. 그러나 그 젊은이는 굶주리고 있으며, 가스코뉴 청년 귀족들 전체가 그랬다! 시라노는 전우들이 고생하는 모습을 바라보며 자신을 혐오했다.

남의 아내에게 사랑의 편지를 보낸다는 것도(비록 '크리스티앙'이라고 서명하긴 했지만) 자신을 혐오하는 또하나의 이유였다. 그러면서도 펜 끝으로 짝사랑의 감정을 발산하는 순간만은 상처받은 영혼을 달래가며 간신히 괴로움을 견딜 수 있었다. 그래서 그는 먹을 것을 찾아 헤매거나 스페인군과 싸울 때, 혹은 편지를 부치러 나갈 때, 부상자를 돌볼 때만 제외하고는 오로지 편지, 편지, 편지를 쓰는 일에만 매달렸다. 산더미처럼 많은 깃펜이 닳아 없어지고 잉크가 강물처럼 흘렀다. 그가 그렇게 편지를 쓰는 이유는 록산에 대한 생각으로 머릿속을 가득 채움으로써 그녀를 향한 갈망으로 터질 듯한 가슴을 비워내기 위해서였다.

몇 달 동안 크리스티앙과 함께 지내면서 시라노는 그 젊은이를 친동생처럼 아끼게 되었다. 어느새 록산을 대신하여 크리스티앙을 사랑하게 된 그는 크리스티앙을 위해 먹을 것을 그러모으고 그의 소총을 점검하고 배후를 지켜주었다. 멀리 떨어진 아내를 향한 크리스티앙의 사랑은 끈질기고도 진실했다. 그리고 시라노가 못생긴 것을 시라노의 탓으로 돌릴 수 없듯이 크리스티앙이 잘생긴 것도 크리스티앙의 잘못은 아니었다.

한 시간 후 르 브레가 찾아왔다.

"애들 상태가 안 좋아, 시라노. 가서 사기를 좀 북돋워주게. 카스텔잘루가 노력했지만…… 나도 해봤지만 지금 녀석들은 그저 빵창자 말고는 아무것도 생각하지 못하더라고. 이럴 때 스페인 놈들이 공격해오기라도 하면 아마……"

시라노는 마치 먼 데서 돌아온 사람처럼 정신을 차렸다.

"오늘 안으로 판가름이 날 거야, 르 브레. 예감이 그래. 먹느냐 죽느냐."

그러면서도 그는 천천히 몸을 일으켜 청년 귀족들이 머물고 있는 헛간으로 향했다.

그들의 모습은 한결같이 푸줏간에 걸린 죽은 닭들을 연상시켰다. 그러나 너무 깡마르고 보잘것없어 아무도 사가지 않을 것 같았다. 살이 빠져 눈이 퀭한 얼굴들이 어린애 같았다. 아니나 다를까, 엄마의 보살핌과 엄마가 만들어준 음식이 절실한 어린애들처럼 시무룩한 표정으로 징징거리고 있었다.

"너무 배고파서 장화라도 뜯어먹었으면 좋겠어."

"신발창 스테이크. 나도 시도는 해봤어."

"배고파서 귀가 윙윙 울려."

"물먹은 솜처럼 다리가 너무 무거워. 일어나려고만 해도 지구가 빙빙 돌아."

시라노가 명랑하게 입을 열었다.

"이 멍청아, 지구는 원래 빙글빙글 도는 거야. 그걸 이제야 알았냐? 우리가 너무 귀찮아서 암흑 속으로 내던지려는 거라고. 그럴수록 더 힘껏 매달려야지."

"차라리 폭동이라도 일으킵시다."

"최소한 장군들이라도 잡아먹죠. 아무리 맛없어도 쥐고기보단 나을 텐데."

시라노는 잿빛 생쥐 떼처럼 빨빨거리며 그들의 남은 힘을 갉아먹는 절망이 눈에 보이는 듯하였다. 그는 피리잡이에게 눈짓을 준 후 자신의 어마어마한 코에 손가락을 대고 노래를 부르기 시작했다. 익숙한 가스코뉴 노랫가락에 맞춰 피리잡이도 곧 피리를 불었다.

"꿈꾸어라, 우리 아가, 오늘밤 어디서 잠들더라도
양 떼 모여 새하얀 가스코뉴의 저 언덕들을.

저녁이면 들판마다 워낭소리 울려퍼지고

낮에 피었던 꽃들이 너와 함께 눈 감는 그곳.

가스코뉴 저 아늑한 골짜기 너머로

나이팅게일 한 마리 나무 위에서 지저귀네.

저 노래는 너를 위한 자장가란다.

어디서 잠들더라도 부디 내 꿈을 꾸려무나."

이 노랫말은 그들의 불평을 씻은 듯이 잠재웠다. 감미로운 피리 소리가 그들을 감싸주었다. 그들은 미동도 하지 않았고 지친 눈가에는 기적처럼 이슬이 방울방울 맺혔다.

카스텔잘루가 짐짓 나무라듯이 말했다.

"그래, 잘하는 짓이다, 시라노. 왜 애들을 울리고 그러냐!"

"고통을 조금 위로 끌어올렸을 뿐입니다, 중대장님. 배에서 가슴으로. 정 그렇게 왕성한 사기를 보고 싶으시다면……"

시라노는 곧바로 북을 집어들고 경계령을 내릴 자세를 취했다. 그러나 카스텔잘루는 굳이 부하들의 용맹성을 확인할 필요가 없었다. 지금까지 직접 목격할 기회가 많았기 때문이다.

정작 청년 귀족들을 벌떡 일어나게 만든 것은 스페인군이 일제히 총을 쏴대는 소리였다. 말을 탄 사람이 달려오고 있었다. 그들의 연대장 드 기슈 백작이었다. 검은 망토를 두른 모습이 여전히 악마 같았고 턱밑에서 너울거리는 하얀 레이스 장식 때문에 마치 거품을 문 미친개처럼 보였다.

르 브레가 툴툴거렸다.

"저 꼴 좀 보게. 공작새처럼 우쭐거리는데, 깃털 하나 뽑아다가 펜으로 쓰지그래."

시라노는 온화하게 대답했다.

"장식을 달긴 했지만 쫄쫄 굶는 건 저 사람도 마찬가지야."

그리고 르 브레의 놀란 얼굴을 보고 이렇게 덧붙였다.

"따지고 보면 저 인간도 우리처럼 가스코뉴 사람이잖아."

주위의 청년 귀족들도 연대장을 보더니 볼멘소리를 하거나 침을 뱉었다. 연대장이 나타나기만 하면 재수가 없었기 때문이다. 그러나 시라노는 작은 소리로 이렇게 재촉했다.

"자, 다들 서둘러라! 태연하게 행동해야지! 당당한 모습을 보여주자고."

그러자 대원들은 마치 선생님의 발소리를 들은 아이들처럼 재빨리 일어나 바닥에 흩어진 소지품들을 치우고 모자를 눌러쓰고 담뱃대에 불을 붙인 후 각자 느긋한 자세를 취했다. 따가운 햇살 아래 누운 도마뱀처럼 길게 늘어져 한가롭게 카드를 돌리거나 책을 읽었다. 이를 쑤시거나 발목을 포개는 대원, 주사위를 던지는 대원도 있었다. 비록 몰골은 꾀죄죄했지만 모두 태평스

럽기 짝이 없었다. 놀랄 만큼 태연자약한 그들은 벨기에산 레이스와 루카산 모직옷으로 치장한 백작의 모습을 거들떠보지도 않았다. 역시 근위대는 형식에 얽매이지 않는 자유분방한 부대였다. 넉살 좋기로도 둘째가라면 서러울 정도였다.

백작은 왠지 수상쩍다는 듯이 종잇장처럼 얄팍한 콧날 너머로 대원들을 내려다보았다. 그는 겉모습에 속지 않았다. 그들이 굶주림의 고통에 시달리고 있다는 것쯤은 백작 자신의 경험을 통하여 잘 알고 있었기 때문이다. 이 고집 센 가스코뉴 놈들은 카스텔잘루와 반항아 드 베르주라크 말고는 누구의 말도 듣지 않지만 역시 감탄할 만한 녀석들이었다. 이쯤에서 칭찬을 해줘야 할까, 아니, 이제 와서 그러기엔 너무 늦었을까?

그는 결국 말고삐를 당기며 이렇게 말했다.

"너희가 나를 어떻게 생각하는지 다 알고 있어. 그렇지만 난 누더기 윗도리나 찢어진 바지를 자랑스럽게 여기진 않지. 너희는 도대체 파나슈를 어디다 써먹는 거냐? 담뱃대 청소할 때? 저 꼬락서니들 좀 보게. 허수아비보다 나을 게 없잖아."

시라노가 대꾸했다.

"백작 나리도 오늘은 평소에 비해 장식을 많이 생략하셨군! 현장懸章*은 어디다 두셨소? 혹시 재수없게 잃어버린 건 아니오?"

드 기슈는 마치 전면적인 재단장이 필요한 가구를 보는 듯한 눈으로 시라노를 훑어보았다.

"자네도 알다시피 난 어제 돌격작전을 지휘해서 스페인군의 방어선을 뚫고 나갔어. 그런데 그 현장 때문에 내 정체가 드러나는 바람에 열 명도 넘는 스페인 놈들이 나한테만 칼날을 들이대더군. 그래서 그걸 팽개쳐버렸지. 그랬더니, 아니나 다를까, 난 그냥 이름 없는 병사가 됐고, 그때부터는 스페인 놈들을 한 번에 두 명씩만 상대할 수 있었지!"

그러나 청년 귀족들은 나지막이 그를 조롱하는 소리를 냈다. 누군가는 작은 소리로 중얼거렸다.

"진정한 가스코뉴인이라면 남다른 주목을 받는 걸 오히려 기뻐해야지."

드 기슈는 이렇게 쏘아붙였다.

"나도 가스코뉴인으로 나고 자란 사람이야!"

그러나 시라노는 그 말을 인정하지 않았다.

"그럴 리가 없소. 가스코뉴 사람은 모조리 미치광이거든. 그런데 백작 나리는 너무 냉정하고 논리적이란 말씀이야."

백작은 입술을 삐죽거리더니 젠체하며 말했다.

"부하들이 나만 믿고 있는 상황에서 그런 허세가 다 무슨 소

---

* 지위를 나타내기 위해 군복의 어깨에 두르는 장식띠.

용인가?"

"나라면 그런 상황에야말로 허세가 필요하다고 생각했을 텐데…… 어쨌든 나중에라도 다시 가서 현장을 찾아올 수는 있었잖소."

드 기슈는 침착하게 미소를 지었다.

"이제 보니 자넨 내가 얼마나 멀리 나갔었는지 모르는 모양이군. 난 적진 깊숙이 뚫고 들어갔어. 그 현장은 영영 잃어버린 게 확실하지만 그만한 가치가 있었지!"

"그럼 도저히 되찾을 수 없었다는 거요?"

"달이 치즈 덩어리라고 한들 누가 거기 가서 그걸 가져올 수 있겠나?"

바로 그때였다. 황소를 놀리는 투우사처럼 화려한 동작으로 시라노가 윗도리 안에서 레이스가 달린 하얀 물건을 꺼내 드 기슈에게 던져주었다. 물론 그것은 드 기슈의 지위를 표시하는 현장이었다. 청년 귀족들이 일제히 환호성을 질렀다. 백작의 허풍이 백일하에 드러나버린 것이다.

그러나 이런 모욕을 당했는데도 놀랍게도 백작의 오만한 미소는 전혀 흔들림이 없었다.

"자네와 자네 부하들이 그렇게 목숨을 가볍게 여기다니 이거 반가운 일이군. 아니, 진담일세! 자네들이라면 내가 가져온 소식을 듣고도 그리 실망하지 않을 테니까."

그 말이 떨어지자마자 달그락거리는 주사위 소리, 철썩거리는 카드 소리, 짤랑거리는 동전 소리가 뚝 멈추었다. 르 브레는 시라노가 했던 말을 떠올렸다. 오늘 판가름 난다. 먹느냐, 죽느냐.

드 기슈는 도처에 첩자들을 두고 있었다. 마치 사방으로 다리를 뻗어 거미줄의 진동을 감지하는 거미처럼 그는 프랑스인과 스페인인으로 구성된 정보망을 관리했다. 프랑스를 승리로 이끌 정도는 아니더라도 최소한 장님처럼 더듬거리며 헤매는 신세는 아니었다. 예컨대 어느 스페인인 첩자를 통하여 그는 아라스를 장악한 프랑스군을 격파하려는 스페인군의 전면공격 계획을 미리 알고 있었다. 뿐만 아니라 그들이 공격해올 지점까지 정확히 알고 있었는데…… 바로 백작 자신이 그들에게 공격하기 좋은 시기와 장소를 알려주었기 때문이었다. 그 스페인인 첩자를 통하여 그는 적에게 풋내기 촌놈들, 고작 근위대 일개 소대가 지키고 있는 동문東門을 집중공격하라고 귀띔했던 것이다.

"결정적으로 중요한 건 시간일세. 이건 양동작전이야. 다른 부대가 포위망을 뚫고 나가 보급품을 가져올 때까지 적의 시선을 끌어야 하는 거지. 그러니까 자네 같은 가스코뉴인들이 최후의 한 사람까지 싸우면서 최대한 시간을 끌어줘야겠어. 이건 칭찬이라고 생각해도 좋아. 스페인 놈들이 바로 이곳을 공격하도록 유도했다는 점, 내가 이 고귀한 희생을 자네들 귀족 근위대에게 맡겼다는 점 말일세."

전선을 사수하라.

그들은 밀려오는 파도를 막아내야 하는 모래성이었다. 사나운 개들을 한동안 붙잡아둬야 하는 뼈다귀였다. 어둠을 물리쳐야 하는 성냥개비였다. 드 기슈는 그들에게 죽음을 명한 것이다.

그는 현장을 어깨에 두르고 거만하게 턱을 치켜들면서 의기양양한 표정을 지었다. 시라노는 그의 눈을 마주 보았다. 그러자 악취만 풍기던 헛간에 문득 그윽한 재스민 향기가 감돌았다. 그리고 성찬聖餐 제병의 맛, 결혼을 축복하는 수도사의 중얼거림, 열린 문으로 쏟아져나오는 한 줄기 빛……

시라노는 조용히 말했다.

"이런 식으로 보복을 하시는군. 앙심을 품은 자의 마지막 수

단이겠지."

굶주림도 고통스럽지만 질투심은 더욱더 고통스러운 법이다. 질투심은 사람의 심장을 파먹는다. 캄캄한 터널처럼 사람의 시야를 좁혀놓는다. 시라노처럼 드 기슈도 록산을 사랑했지만 결국 그녀를 빼앗겼다. 그 역시 어떻게든 자신의 슬픔과 상실감을 발산해야 했다. 그런데 시라노와 같은 시적 재능이 없는 그는 이렇게 시라노에게, 크리스티앙에게, 그리고 귀족 근위대 전원에게 자기 내면의 어둠을 쏟아붓는 비열한 방법을 쓰는 수밖에 없었다. 그런데 이상한 일이었다. 그렇게 앙갚음을 했는데도 마음속의 어둠은 전혀 줄어들지 않았고 불만도 전혀 해소되지 않았다. 오히려 부끄러움만 더해졌을 뿐이다.

드 기슈가 말했다.

"내가 자네를 별로 좋아하지 않는 건 사실이지만, 대위, 이 결정은 군사적 판단일세. 자네가 거느린 청년 귀족들의 용맹성은 아무도 흉내 낼 수 없으니까. 그리고 전쟁이란 때때로 희생을 요구하는 법이니까."

그 말을 듣고 시라노는 모자의 깃털이 바닥에 쓸릴 만큼 깊숙이 허리를 굽혀 절을 했다.

"그렇다면, 영광스럽게 죽을 기회를 주신 연대장님께 대원들을 대신하여 감사인사를 드립니다."

7
마지막 편지
Last Post

"전원 집합하라고 알려라! 방책防柵을 세워라! 주변을 정리하고 전투 준비를 해라!"

어디선가 나팔 소리가 울려퍼지자 청년 귀족들은 벌떡 일어나 신속하게 움직이기 시작했다.

살이 없어 국물을 우려내기도 마땅찮은 병든 닭 같던 그들이 순식간에 용맹한 전사로 돌변했다. 그들은 이리저리 뛰어다니고 힘을 쓰고 고함을 지르거나 욕을 하고 소총을 장전하며 전투 준비에 몰두했다. 자신의 운명을 한탄하는 대원은 아무도 없었다. 다만 빈 배를 움켜쥐고 죽어야 한다는 것을 애석해할 따름이었다. 식량 한 수레와 가스코뉴 포도주 한 통만 준다면 혼자서도 스페인군 전체를 박살 낼 수 있을 텐데!

오 미터 높이의 방책을 세우는 일을 감독한 시라노는 그 일이 끝나자마자 야영지 한구석에 있는 자기 자리로 돌아갔다. 지금까지 그가 록산에게 보낸 편지는 모두 그곳에서 부서진 마차 뒷문을 책상 삼아 쓴 것이었다. 그는 쓰다 만 채로 두었던 편지를 찢어버리고 새 종이를 펼쳐놓았다. 이제 마지막 편지를 써야 할 시간이었다. 이별의 편지.

그 일은 오래 걸리지 않았다. 할 말은 이미 머릿속에 다 들어 있었다. 집합 나팔이 울리자마자 마치 기다렸다는 듯이 근사한 글귀들이 일제히 머릿속으로 모여들었기 때문이다.

그러나 꼬불꼬불한 글자들은 그의 높디높은 사랑을 제대로 담아내지 못했다. 달이 바닷물을 잡아당기듯, 그의 마음을 잡아당기는 사랑의 힘 때문에 가슴에 고인 눈물의 바다가 넘쳐흘러 편지지를 흥건히 적셨다. 이윽고 편지 끝머리에 이르렀을 때는 깃펜이 제멋대로 움직여 그의 이름 첫 글자를 써버렸다.

그는 간신히 늦지 않게 손을 멈추었다.

아, 시라노라고 서명할 수 있다면 얼마나 좋을까! 죽어가는 사람이 사제에게 고해성사를 하고 양심을 깨끗이 씻듯이 내가 쓴 편지에 내 이름을 적을 수만 있다면!

이따금씩 일손을 멈추고 우두커니 서 있는 젊은이들이 여기저기서 눈에 띄었다. 불현듯 목덜미에 와 닿는 저승사자의 차디찬

숨결을 느꼈거나 혹은 어떤 추억이나 후회, 두려움 따위가 떠오른 것이다. 시라노가 크리스티앙 드 뇌비예트를 발견했을 때 그역시 그렇게 우두커니 서서 두 팔로 가슴을 끌어안고 앞뒤로 조금씩 몸을 흔들고 있었다. 시라노가 그의 옷소매에 손을 얹었다.

크리스티앙이 말했다.

"록산."

"그래, 알아."

"뭔가 써 보내야겠어요. 록산에게 하고 싶었던 말이 많은데! 내 마음을 전할 수만 있다면……"

"그럴 줄 알았어."

시라노는 거드름을 피우며 웃옷에 손을 넣었다. 그가 꺼낸 편지는 연대장의 현장처럼 길지도, 정교하지도 않았다. 그러나 그것은 시라노의 용기를 말해주는 또하나의 증거물이었다.

크리스티앙이 그 편지를 받아서 그대로 호주머니에 넣을 거라고 기대하기는 힘들었다. 그 속에 적힌 말들은 마땅히 록산 혼자만 읽어야 했지만, 크리스티앙으로서는 자기가 아내 앞으로 쓴 것으로 되어 있는 편지를 미리 읽어보고 싶어할 것이 당연했다. 차마 입 밖에 낼 수 없는, 희석되지 않은 스스로의 열정을 감추기 위해 시라노가 허공에서 뽑아낸 찬란한 깃털들을 크리스티앙은 보고 싶어했다.

크리스티앙이 그 푸른 눈으로 편지 속의 문장들을 이리저리 훑어보며 중얼거렸다.

"소대장님도 따로 쓰실 편지가 있었을 텐데……"

그러다가 놀라움 때문에 두 눈이 점점 커졌다.

"여기 쓰신 이 말들…… 이런 걸 어떻게 아셨어요? 어떻게 짐작이라도 할 수 있는지……?"

"에이, 우리 같은 시인들이 어떤지 자네도 알잖아."

시라노는 쾌활하게 대꾸하면서 여러 군데 호주머니에 들어 있던 깃펜들을 꺼내 우수수 떨어뜨렸다. 그것들은 바람에 실려 너울거리며 진흙땅을 가로질러 이리저리 날아갔다.

"우린 어떤 상황에서도 그때그때 어울리는 말을 찾아낼 수 있거든. 결혼식, 장례식, 세례식……"

그래도 크리스티앙은 순순히 편지를 접으려 하지 않았다.

"이 얼룩은 뭐죠? 여기 이 구석에 있는 거 말예요. 이 동그란 얼룩."

시라노는 자신의 기병도騎兵刀에 달린 장식술을 점검하고 칼날을 살펴보며 딴청을 부렸다.

"눈물 자국이잖아! 눈물을 흘리셨군요!"

크리스티앙이 비난하듯이 외쳤다.

내젓는 손짓. 가벼운 어깻짓.

"글쎄, 시인들이 어떤지 알잖아. 감정에 휩쓸리기 쉽다고. 우린 배우들과 비슷해서 때로는 맡은 배역에 너무 몰두한 나머지……"

"눈물을 흘리셨어요!"

크리스티앙이 다시 말했다. (어쩌면 그는 편지 *끄트머리*에 덩그러니 적혀 있는 C자 하나를 보고, 어느 발코니 아래 우두커니 서 있다가 격정을 못 이겨 허리를 굽히고 재스민 잎에 입을 맞추던 한 사내의 모습을 연상했는지도 모른다. 또 어쩌면 그는 이미 모든 것을 알고 있었지만 스스로 인정하지 않으려 했는지도 모른다.)

"록산을 사랑하시는군요."

그러자 시라노는 당황하여 횡설수설했다.

"죽음 때문은 아니었어. 죽음 자체는 별로 두렵지 않아. 하지만 록산을 다시 만날 수 없다는 건…… 그것만은 내가 도저히…… 우리가 도저히…… 아니, 자네가 도저히 견딜 수 없는……"

"록산을 사랑하시는 거예요."

"아니야! 맞아! 당연하지! 누군들 록산을 사랑하지 않겠나?"

"처음부터 사랑하셨어요."

"하지만 록산은 자네를 사랑한다고! 자네도 알잖아! 록산의 사랑을 눈으로 확인했잖아. 록산이 자네를 바라보는 그 눈길에서!"

그러나 두 사람 사이에는 이미 의혹이 제삼자처럼 서 있었다. 크리스티앙이 장갑을 낀 손으로 쥐고 있는 편지가 바람결에 펄럭거렸다. 시라노는 그것을 도로 빼앗으려 했지만 크리스티앙이 얼른 움켜쥐었다. 어쩌면 아예 없애버릴 작정이었는지도 모른다. 그런데 그때 갑자기 고함 소리와 총소리, 그리고 놀라 외치는 소리가 방책 너머에서 들려왔다.

보초병이 외쳤다.

"마차가 나타났습니다! 쏴버릴까요?"

두 다리에 힘을 주고 발판 위에 우뚝 선 마부가 한 손에는 채찍을 들고 다른 손으로는 고삐를 가슴께에 움켜쥔 채 목청껏 고함을 질렀다.

"어명이오! 어명이오! 길을 트시오!"

그는 스페인군이 장악한 지역을 삼십 킬로미터나 통과하여 달려온 것이 분명했지만, 프랑스어 발음에는 의심의 여지가 전혀 없었다.

가스코뉴 사람들을 운명의 손에 맡겨둔 채 혼자 떠날 작정으로 벌써 말에 올라타 있던 앙투안 드 기슈가 잠시 머뭇거렸다. 그는 첩자들로부터 이 일에 대해 아무것도 들은 바 없었다.

"어명이라니?"

도대체 이게 무슨 일일까?

병사들이 방책을 밀고 당겨 간격을 벌려놓았고—그러나 충분하지는 않았다—마차가 쏜살같이 그 사이로 뛰어들었다. 나무 더미가 와르르 무너지고 탄약 상자 하나가 뒤집어졌다. 창에는 커튼이 드리워져 있었고 지붕 위에는 담쟁이덩굴과 잔가지가 수북해서 숲속을 질주한 흔적이 역력했다. 땀에 젖어 검게 번들거리는 말들이 콧구멍으로 거품을 뿜어냈다.

카스텔잘루가 명령을 내렸다.

"모두 정렬! 예총 준비!"

그러나 도대체 어느 고관대작이 이렇게 스페인군 진영을 뚫고 여기까지 '어명'을 전하러 달려왔는지, 그는 짐작조차 할 수 없었다.

드 기슈의 말이 주인의 의중을 헤아릴 수 없어 주춤거렸다. 이윽고 마차가 멈춰 섰다. 드 기슈가 드리워진 커튼을 향해 소리쳤다.

"폐하를 모시는 분입니까?"

그러자 문이 활짝 열리고 계단이 펼쳐지면서 이런 대답이 들려왔다.

"그래요. 사랑의 임금님을 모시는 몸이죠!"

여자? 그 목소리는 감미로운 입맞춤처럼 오십 개의 젊은 심장을 뒤흔들었다. 오십 명의 용사가 얼굴을 붉혔다. 이윽고 모습을 드러낸 록산 로비노가 마차에서 내려올 때는 모두 입을 딱 벌리고 멍하니 바라볼 뿐이었다.

크리스티앙 드 뇌비예트는 머리가 텅 비어버려 아무 말도 하지 못했고 그의 심장은 애모의 정으로 한없이 부풀었다.

드 기슈는 지옥이 아가리를 벌리고 낄낄거리는 소리를 들었다. 그가 폭력과 죽음을 집중시켜놓은 이 손바닥만한 땅 한복판에 느닷없이 사랑하는 여인이 나타나버렸기 때문이다.

시라노는 아무것도 볼 수 없었다. 돌아서서 록산의 얼굴을 다시 본다면 어떤 기분이 들는지 몰라 두려웠기 때문이다.

그러나 정작 록산 자신은 밝고 찬란하고 의기양양했다. 그녀는 마법의 호박마차를 타고 나타난 신데렐라였다. 이 야영지는 그녀의 무대였고 그녀는 열광적인 박수갈채와 함께 그곳에 등장했다. 록산은 조금 지나치다 싶을 정도로 태평하고 명랑했다. 전쟁과 스페인군과 위험 따위는 마치 싫증난 드레스를 팽개치듯 가볍게 무시해버렸다.

"여러분, 이 지긋지긋한 포위전을 끝내버릴 때가 왔어요! 정말 너무 오래 끌었잖아요. 아! 거기 계셨군요, 시라노 오빠!"

시라노가 돌아섰다.

"어떻게?"

그는 더이상 말을 잇지 못했다. 스페인군 진영을 돌파한다는 것이 얼마나 어려운 일인지 시라노보다 잘 아는 사람은 아무도 없었다.

록산이 두 손을 살랑살랑 흔들었다.

"아, 간단했어요! 스페인군이 가로막을 때마다 사랑하는 사람을 만나러 왔다고 말했을 뿐이에요! 스페인 사람들은 굉장히 낭만적이더라고요!"

드 기슈가 그녀에게 달려왔다.

"다 좋은데 빨리 여길 빠져나가야 한단 말이오! 당장 떠나야 해요, 아가씨! 몇 분만 지나면…… 한 시간 안에…… 그보다 일찍……"

그때 시라노가 말했다.

"그래, 록산, 빨리 떠나야 돼!"

심지어 크리스티앙조차도 발랄하게 재잘거리는 그녀의 입을 막아버리고 싶었다. 기왕이면 입맞춤으로. 그러나 록산은 드디어 목적지에 도착했고 뜻을 이루었다는 성취감에 도취하여 도저히 이성적으로 설득할 수 없는 상태였다. 앞으로의 일 따위는 크리스티앙의 눈동자만한 크기로 줄어들어 아예 안중에도 없었다. 그녀는 요지부동이었다.

청년 귀족들도 전혀 도움이 되지 않았다. 모처럼 어여쁜 얼굴을 보게 된 그들은 좋아서 어쩔 줄 몰라 했다. 멋진 모습으로 감동시킬 관객이 나타난 것이다. 록산은 그들에게 용감해질 이유를 제공해주었다. 그래서 그들은 북을 가져와 그녀가 앉을 자리를 마련해주었고, 저마다 옷을 벗어 털기도 하고 장화에 침을 뱉어 광을 내기도 했다. 그녀가 농담을 할 때마다 일제히 폭소를 터뜨렸고 낭만적인 이야기에는 한숨을 지었다.

냉정한 이성이 파고들 틈은 어디에도 없었다. 시라노와 드 기슈는 마치 파도에 휩쓸려 함께 떠내려가는 두 사람처럼 서로의 얼굴을 마주 보았다.

이윽고 록산이 큰 소리로 말했다.

"저는 지금 닭다리 한 개와 부르고뉴 포도주 한 잔을 먹고 싶어요. 부탁할게요, 여러분!"

그러자 청년 귀족들은 모두 망연자실하여 손장갑 인형처럼 오만상을 찡그렸다. 그녀에게 아무것도, 정말 아무것도 줄 수 없는 현실이 너무 안타까웠기 때문이다. 록산이 다시 재촉했다.

"왜 그러세요? 다들 뭘 그렇게 기다려요? 어서 제 마부한테 식사 준비를 하라고 전해주세요!"

그 순간까지도 그들이 마부에 대하여 알아차린 것이라고는 한평생 굶주림을 모르고 살아온 파리 사람만 뽐낼 수 있는 어마어마한 허리둘레가 전부였다. 그런데 지금 (겉으로 보기에는) 마차를 조각조각 분해하고 있는 그의 모습이 어딘가 모르게 낯익었다. 브리오슈처럼 생긴 머리통, 오믈렛색 머리카락, 맥주통처럼 불룩한 배, 버찌처럼 조그마한 코…… 그는 냄새까지 달착지근했다. 프티푸르와 코코아만큼이나, 슈크림빵과 아몬드 파이만큼이나 달콤했다.

> "마차는 무엇으로 만들까요, 여러분?
> 케이크와 포도주와 클레망틴*으로,
> 굴 수프와 싱싱한 멜론으로,
> 소시지와 양고기 파이와 갈랑틴**으로,
> 그러나 모두 다른 것으로 위장하지요.
> 마차는 그렇게 만든답니다, 여러분!"

시는 삼류였지만 음식은 일류였다. 우렁찬 환호성이 터져나왔다.

"라그노!"

한편 시인 겸 요리사 라그노는 채찍 손잡이에서 기다란 소시지를 꺼냈고, 의자 밑에서는 통닭 몇 마리를, 바짓가랑이에서는 바게트를, 모자 속에서는 고기 파이를, 그리고 바퀴통 속에서는

---

* 소형 오렌지의 일종.
** 육류에 향미료를 넣고 삶은 후 식혀 만드는 요리.

치즈를 끄집어냈다. 열일곱 가지 파이로 가득한 침낭도 있었다. 화산재처럼 단단하게 뭉쳐놓은 슈크림빵이 우박처럼 와르르 쏟아져 그를 올려다보던 스무 명의 얼굴에 석고 반죽처럼 철썩 달라붙었다. 설탕으로 빚은 데스마스크처럼.

시라노가 기회를 잡았다. 그는 크리스티앙의 손목을 쥐고 그를 한쪽으로 데려갔다.

"얘기 좀 하자."

"정말 대단한 여자 아닙니까? 메추리알 하나 드시죠!"

록산의 열띤 흥분 상태가 결국 크리스티앙에게도 전염되었던 것이다.

"편지 말이야."

"이거요?"

크리스티앙이 웃옷 가슴팍을 툭 쳤다.

"흠. 다른 편지도 그렇고."

"다른 편지라뇨?"

"자넨 말이지…… 그게…… 자네가 생각하는 것보다 조금 더 자주 편지를 썼거든."

"그게 무슨 소립니까? 우리가 여기 온 다음에 말예요? 제가 편지를 썼다고요? 얼마나 자주 썼는데요?"

그러나 시라노는 그저 회갈색 눈을 껌벅거릴 뿐이었다.

"뭐예요? 한 달에 한 번?"

시라노의 입꼬리가 죄책감을 못 이기고 실룩거렸다.

"일주일에 한 번?"

시라노가 몸을 움찔했다.

"일주일에 두 번? 설마 세 번이나?"

"아."

"맙소사! 날마다 한 번?!"

"가끔은 두 번."

시라노의 목소리가 너무 작아서 크리스티앙은 자기가 정말 그 말을 들었는지 확신할 수 없었다.

"그런데? 그래서요? 어차피 한 통도 부칠 수 없었잖아요?"

"불가능한 일은 없어."

그러더니 번갯불에 콩 볶듯 이렇게 덧붙였다.

"아무튼 혹시 록산이 편지 얘기를 꺼내면……"

바로 그때 두 사람 사이로 사람들이 우르르 몰려들었고—저마다 볼이 미어지게 음식을 가득 물고 포도주로 알딸딸해진 청년 귀족들이었다—다시 혼자가 된 크리스티앙 드 뇌비예트는 자기가 감쪽같이 속았다고 생각했다.

그는 곧 돌아서서 록산이 다시 마차에 올라타도록 본격적으로 설득하기 시작했다. 그러나 아무리 애원해도 록산은 막무가 내었고 마침내 그는 이렇게 한탄했다.

"도대체 무엇에 홀려 여기까지 왔어요?"

"그야 물론 당신한테죠! 당신의 그 황홀한 편지에!"

크리스티앙이 듣고 싶었던 말은 아니었다.

"오, 내 사랑! 그 편지들은 유성처럼 내 곁으로 날아들었어요! 운석 소나기처럼요! 그래서 달 표면에 이리저리 금이 갔어요! 내가 미립자로 산산이 부서졌어요!"

(록산의 입을 막아야 한다. 그녀가 영영 주워담을 수 없는 말을 내뱉기 전에 빨리 저 입을 막아야 한다.)

"오, 크리스티앙! 그래서 난 벌거숭이가 돼버렸어요! 멋진 외모, 당신한테 바라던 것들, 강아지 같은 눈매, 그 모든 부질없는 생각들이 말끔히 타버렸어요. 그제야 비로소 당신의 깊디깊은 내면을 들여다볼 수 있었어요! 그 편지들…… 그것들은 당신의 영혼이 내 영혼에게 전하는 목소리였어요. 그렇죠? 그 편지들은 앞으로 평생을 함께할 두 사람 사이에 중요한 것이 무엇인지를 분명히 말해줬어요! 정말 중요한 것, 영원히 변하지 않는 것!"

(그 순간 크리스티앙은 차라리 록산이 다시 명랑해지기를 바랐지만 오히려 너무 진지해서 탈이었다. 그녀는 거대한 정적에 휩싸인 듯했다.)

"이마와 이마를 맞대고 서로의 영혼을 응시하라! 당신의 편지가 그걸 가르쳐줬어요! 이젠 나도 깨달았어요, 크리스티앙! 아, 정말 절실하게 깨달았어요! 당신의 편지 하나하나가 새로운 창을 열어젖히고 한없이 아름다운 풍경을 보여주더군요!"

"편지는 편지일 뿐이에요!"

"당신이 쓴 그 말들, 모두 진실이에요! 인생은 타들어가는 양초와 같아요. 불이 켜졌다가 언젠가는 꺼져버리죠. 얼굴도 사라지고, 입맞춤도 할 수 없고, 부귀영화도 모두 덧없어져요. 부둥켜안은 두 사람의 영혼만 영원히 남죠. 난 당신을 영원히 사랑할 거예요. 크리스티앙. 일찍이 그 어떤 여자도 한 남자를 이렇게까지 사랑한 적은 없을 거예요. 다 그 편지들 덕분이에요!"

"그만! 그런 소리 하지 말아요! 제발…… 무슨 뜻인지도 모르면서 함부로 말하지 말라고요! 그런 사랑은 내가 원하는 게 아니에요! 내가 원하는 건 그저…… 내가 원했던 건 그저……"

"뭐죠? 당신 옷소매에 매달려 그 새파란 눈을 들여다보며 감탄할 줄만 아는 멍청한 여자? 아, 그거 재미있네요!"

록산은 그렇게 경박한 관계는 상상만 해도 우습다는 듯 큰 소리로 웃었다.

"내 말 좀 들어봐요, 록산! 만약에…… 만에 하나라도…… 이번 전쟁에서…… 혹시 내가 다치기라도 한다면, 그래서 흉터가 생긴다면……"

"흉터가 생기든, 얼굴이 망가지든, 그런 게 무슨 상관이에요? 아, 물론 당신이 이렇게 잘생겨서 기쁜 건 사실이에요. 정말 기뻐요. 그렇지만 난 이제 당신의 얼굴이나 금발, 그리고 당신 목이 이렇게…… 아무튼 그런 것들을 사랑하는 게 아니에요. 그래요, 차라리 당신이 못생겼다면 좋겠다는 생각이 들 정도예요. 그랬다면 당신에게 내 진심을 보여줄 수 있을 테니까! 내가 사랑하는 건 내면에 있는 사람이에요! 그런 편지들을 써보낸 사람……"

아, 그 빌어먹을 편지 얘기는 제발 좀 그만! 크리스티앙은 록산의 입을 손바닥으로 막아버리고 싶었다. 그녀를 침묵하게 만들고 싶었다. 두 사람이 떨어져 보낸 시간들을, 그녀와 자신의 입술을 갈라놓고 있는 대기를 종잇장처럼 갈기갈기 찢어버리고 싶었다. 그리고 편지들, 그 빌어먹을 편지들도. 도망치듯이 자리를 떠난 그는 술에 취해 흥청거리는 전우들을 밀어젖히며 이리저리 돌아다니다가 마침내 방책 뒤에서 몇 개의 소총에 실탄을 장전하고 있는 시라노를 발견했다. 크리스티앙은 미치광이처럼 덤벼들어 시라노의 어깨와 머리를 손바닥으로 마구 후려갈겼다.

"당신! 그리고 그 빌어먹을 편지들! 록산은 더이상 나를 사랑하지 않아! 당신이라고! 록산이 사랑하는 사람은 바로 당신이란 말이야! 록산이 자기 입으로 고백한 거나 다름없어!"

기습을 당한 시라노는 비틀비틀 뒷걸음질을 쳤다. 그럴싸한 대꾸가 떠오르지 않았다. 크리스티앙을 물러서게 할 만한 농담도 생각나지 않았다. 시라노의 심장은 죽어가는 별처럼 조그맣게 오그라들었다가 눈부신 고통의 섬광과 함께 폭발하여 다시 크게 부풀어올랐다.

"록산이 그런 말을 했다고?"

"겉모습 따위는 아무 의미도 없다고 했어. 오로지 영혼만이 중요하다고. 오로지 그 빌어먹을……"

설마 이게 사실일까? 꿈도 아니고 생시에 이런 일이 정말 있을 수 있나? 스스로 보기에도 이토록 흉하고 이토록 고독하며 이토록 혐오스러운 존재가 록산 로비노의 사랑을 거머쥔다는 것이 정말 가능한 일일까?

그 순간 그의 혼란을 가중시키기라도 하려는 듯 스페인군의 일제사격이 시작되어 청천벽력처럼 야영지 전체를 뒤흔들었다. 콩을 볶는 듯 귀청을 때리는 소총 소리에 이어 낮고 우렁찬 대포 소리가 울려퍼졌다. 시라노는 크리스티앙의 양 어깨를 움켜쥐고 둘 다 마음이 좀 가라앉을 때까지 버티려 했다.

"네가 잘못 생각한 거야. 뭔가 오해한 모양인데……"

그러나 크리스티앙은 다짜고짜 시라노의 손목을 움켜쥐고 뼈대만 남은 마차가 있는 곳으로 질질 끌고 갔다.

"가서 물어봐! 직접 물어보라니까!"

나팔수들의 나팔 소리가 청년 귀족들에게 어서 무기를 들라고 독촉했다. 야영지를 가로질러 마차로 돌아가는 길은 마치 밀려오는 파도를 거슬러 나아가듯 힘겨웠지만 크리스티앙은 시라노의 손목을 틀어쥐고 한사코 놓아주지 않았다.

"내 참모습 그대로 사랑받을 수 없다면 차라리 사랑받지 못하는 게 낫지! 그러니까 확인해보자고! 우리 둘 중에서 누구를 사랑하는지!"

"보나마나 너야! 너라고!"

그렇게 항변하면서 시라노는 손목을 빼내려고 안간힘을 썼다. 그러면서도 본격적인 드잡이로는 번지지 않도록 조심해야 했다.

"그날의 결혼식은 해가 진 다음이었고, 증인도 없었고, 첫날밤도 없었어. 그러니까 취소할 수도 있어. 취소하면 된다고."

"보나마나 너라니까, 크리스티앙! 록산은 널 선택할 거야!"

그렇게 다투던 두 사람은 별안간 드 기슈 백작과 마주치게 되었다. 시라노가 으르렁거렸다.

"지금쯤 쥐새끼들은 벌써 도망쳤어야 하는 거 아니오, 백작? 배가 빠르게 가라앉는 중인데 말이야."

그러나 드 기슈는 검은 망토를 뒤로 젖히고 검은 상의마저 풀

132

어헤쳐 하얀 레이스와 고급 리넨옷을 고스란히 드러내놓고 있었다.

"내 안의 가스코뉴 기질이 이겨버렸지 뭔가. 나도 남아서 근위대와 나란히 싸우기로 했어."

찌푸린 표정이었지만 어떻게 보면 미소 같기도 했다.

때마침 지나가던 청년 귀족이 걸음을 멈추고 드 기슈를 쳐다보더니 갑자기 고래고래 고함을 지르며 달려갔다.

"드 기슈도 남는단다! 까만 쥐새끼도 역시 가스코뉴인이었어!"

잠시 후, 한 젊은이가 새로 발견된 가스코뉴의 영웅에게 음식을 갖다주었다. 그러나 드 기슈는 코앞에 들이미는 반쯤 남은 닭다리를 경멸의 눈초리로 내려다보며 코웃음을 쳤다.

"먹다 남긴 찌꺼기를 먹느니 차라리 굶어죽겠다!"

그러자 다시 환호성이 터져나왔다.

"가스코뉴인이다! 진짜 가스코뉴인이야!"

시라노가 어리둥절하면서도 감탄한 어조로 말했다.

"이제 보니 당신도 미치광이였군."

두 사람의 시선이 다시 마주쳤다. 두 사람 사이에는 가스코뉴인의 혈통과 눈앞에 닥쳐온 죽음 말고도 또하나의 공통점이 있었다.

드 기슈가 중얼거렸다.

"내 첩자들이 그러는데 자네가 편지를 부친답시고 날마다 들락날락했다더군. 그런 주제에 나더러 미쳤다고?"

그때 한 보초병이 스페인 보병대가 밀밭을 가로질러 접근중이라고 소리쳤다. 이곳저곳의 나무 위에도 저격병들이 숨어 있었고 포병대의 포격도 점점 정확해졌다. 헛간 귀퉁이에 포탄 한 발이 떨어져 지붕이 푹 내려앉고 불붙은 지푸라기가 폭포처럼 쏟아졌다.

그 와중에도 크리스티앙은 시라노를 질질 끌고 결국 록산 앞에 이르렀다. 그는 숨을 몰아쉬며 외쳤다.

"시라노가 당신한테 중요한 얘기를 해야겠대요!"

그러더니 록산의 판결을 기다리지도 않고 스스로 근위대원들의 물결에 실려 방책 쪽으로 가버렸다.

록산이 말했다.

"중요한 얘기?"

"크리스티앙, 이리 오지 못해! 별일 아니야, 록산. 저 친구가 어떤지 알잖아. 아무것도 아닌 일을 가지고 혼자 끙끙 앓고……그런데 록산, 조금 전에 저 친구한테 무슨 말을 했기에……"

"내가 영원히 저이를 사랑할 거라는 얘기 말예요? 내 말을 안 믿던가요? 문제가 그거예요?"

시라노는 침을 꿀꺽 삼켰다.

"그게 아니면 내 사랑이 변하지 않을 거라는 얘기, 그래서 설령 저이가……"

그러다가 시라노의 괴로운 표정을 보더니 이내 말꼬리를 흐렸다.

"괜찮아. 그냥 말해도 돼. 설령 저 친구가 흉해지더라도 말이지. 나처럼."

그러자 록산은 놀라는 것 같았다.

"오빠가? 흉하다고요? 오빠는 흉하지 않아요. 오빠는 시라노일 뿐이에요! 아무튼 그 말은 맞아요! 그래요! 설령 저이가 흉해지더라도 사랑할 거예요! 정말 좋은 사람이라면 어떻게 흉해질 수 있겠어요?"

그 순간 마치 은하계의 머나먼 변두리에서 행성 하나가 쪼개져 우주 공간의 뒷골목에 황금빛 노른자를 쏟아내듯 어디선가 따악 하는 소리가 들렸다. 시라노는 그 소리가 자신의 머리 안에서 났는지 밖에서 났는지 판단할 수 없었다. 동공이 축소되어 앞이 잘 보이지 않았다. 오빠는 흉하지 않아요. 오빠는 시라노일 뿐이에요. 그는 발치에 떨어져 훨훨 타고 있는 지푸라기를 뻔히 보면서도 그것이 무엇인지 이해하지 못했고, 다만 자신의 그림자가, 옆모습을 보여주던 그림자가 어느새 불에 타서 사라졌다는 것만 알았다.

록산이 묻고 있었다.

"방금 그게 무슨 소리였어요?"

"맙소사, 록산, 내 말 잘 들어. 방금 네가 한 말이 사실이라면 내가 꼭 해줄 말이 있는데……"

그때 방책 부근에서 한바탕 소동이 벌어졌다. 카스텔잘루가 도움을 청하고 있었다.

"그 편지들 말인데…… 그건 전부 다……"

달려가는 병사들을 거슬러 부리나케 달려오는 르 브레. 시라노의 소맷자락을 붙잡는 그의 손. 시라노의 귓가에 속삭이는 그의 목소리.

우주의 중심에서 악마가 날카로운 소리로 웃어대더니 입김을 훅 불어 태양을 꺼버렸다.

록산이 말했다.

"그래서요, 시라노? 무슨 말을 하려고 했죠?"

"뭐? 아. 아무것도 아니야. 아냐, 아냐, 아냐."

"저쪽에서 무슨 일이 생긴 거예요? 저 비명 소리는 뭐죠?"

"신경 쓰지 마. 이쪽으로 와, 록산."

이젠 다 틀렸다. 일 분 전만 하더라도 시라노에게 행복이라는 아들이 태어났었다. 그 아이는 잠시 동안 살아 숨 쉬었고 손을 내밀어 시라노를 만지며 울음을 터뜨렸다. 그러나 지금은 죽어버렸다. 그 시체에 다시 생명을 불어넣을 수 있는 존재는 없다.

스페인군의 북소리가 전면공격을 예고했다. 때마침 청년 귀족 몇 명이 록산이 보지 못하도록 담요로 감싼 무거운 짐을 맞들고 그녀 곁을 지나가려는 참이었는데, 이제 그것을 내려놓고 부리나케 방책 쪽으로 돌아가야 했다. 카스텔잘루가 반격 신호를 보내려고 기병도를 뽑아들었다. 시라노는 자기가 록산을 돌보느라 임무를 게을리하고 있다는 사실을 어렴풋하게나마 의식했다. 그의 팔촌누이는 이제 과부였다.

담요가 벌어지는 바람에 록산이 크리스티앙의 시신을 보게 되었다. 록산은 그에게 몸을 던지더니 마치 노략질을 하듯이 그의 앞섶을 풀어헤치기도 하고 머리카락을 당겨보기도 하면서 상처를 찾아내려고 허둥거렸다.

"크리스티앙!"

록산은 그에게 얼굴을 들이대고 절규했다. 그러다가 시라노를 돌아보면서 그의 장화 윗부분을 양손으로 잡아당겼다.

"살아 있어요, 시라노! 죽지 않았다고요! 이 사람 좀 살려줘요! 죽지 않았다고 말해줘요!"

아닌 게 아니라 크리스티앙은 아직 죽지 않았다. 그의 웃옷에는 심장이 있는 자리에 작은 구멍 하나가 뚫렸고 겨우 한 줌의 숨결과 시간이 남아 있었지만 크리스티앙 드 뇌비예트가 마지막

한 마디를 내뱉기에는 충분했다.

"록산!"

그 목소리를 들은 록산은 미친 듯이 물을 찾았고, 브랜디를, 탈지면을, 기적을 찾았고⋯⋯ 그녀가 그렇게 찾아 헤매는 동안 시라노는 재빨리 크리스티앙에게 다가가서 고개를 숙였다. 시라노의 거대한 코가 금발의 부드러운 곱슬머리를 흐트러뜨렸다. 그는 이렇게 속삭였다.

"록산에게 다 얘기했어, 크리스티앙. 역시 록산이 사랑하는 건 자네야. 정말이야."

방책 너머에서 카스텔잘루가 소총수들에게 목청껏 명령했다.

"장전! 꽂을대! 조준! 사격!"

그러다가 적군이 너무 가까이 접근하여 소총으로 상대하기 어려워지자 드디어 칼을 뽑으라는 명령이 떨어졌다.

그러나 이미 태풍의 눈처럼 고요하고 어두운 곳에 가 있는 크리스티앙은 한없이 가냘픈 숨을 내쉬었다. 그의 푸른 눈동자가 어느 머나먼 곳에 있는 발코니를 보려는 듯 스르르 떠올랐다. 크리스티앙과 얼굴을 맞대고 있던 록산은 그의 얼굴이 촛농처럼 서서히 식어가는 것을 느꼈다. 그녀는 크리스티앙의 셔츠를 부여쥐고 힘껏 잡아당겨 그를 다시 삶의 세계로 끌어내려 했다. 그 순간 접힌 종이의 모서리가 그녀의 손등을 쿡 찔렀다. 그녀는 편지를 꺼냈다. 이별의 편지였다.

전투가 시작되었다. 방책으로 밀려드는 적군의 공세는 마치 난파선을 때려 용골을 부수는 거대한 파도 같았다. 시라노는 마차 밑에 숨어 있는 라그노를 미친 듯이 손짓해 불렀다.

"록산을 데리고 빠져나가! 자네만 믿겠네!"

그러나 록산은 주변 상황을 거의 인식하지 못한 채 조심스럽게 편지를 펼쳐보았다. 그녀는 편지 한구석을 물들인 핏자국을 보았고 편지지에 얼룩진 눈물 자국도 놓치지 않았다.

록산이 도저히 믿을 수 없다는 듯이 말했다.

"그이가 죽었어요. 세상에서 제일 멋있고 훌륭한 사람인데."

시라노가 대답했다.

"두말하면 잔소리지."

"정말 다정했는데. 정말 정열적이었는데. 그이처럼 진실한 연인이 또 있을까요?"

"있을 리 없지. 그 친구는 너를 무엇보다도 소중히 여겼어."

"그이가 죽었어요."

록산이 다시 말하더니 그 말이 사실이라는 것을 처음으로 실감하고 앞으로 푹 쓰러져 정신을 잃었다.

그녀의 머리가 바로 앞에 쭈그리고 있던 시라노의 가슴을 쳤다. 그는 잠시 두 팔로 그녀를 껴안았다.

나도 죽었소. 이제 당신을 영원히 잃고 말았으니까.

시라노는 마음속으로 그녀에게 말했다.

이윽고 그는 그녀를 안아올려 앙상해진 마차에 태우고 문을 탁 닫았다.

8
암흑의 공간
Blackest Space

세상에는 사랑만 존재하는 것이 아니다. 모든 순간을 사랑으로 채울 수는 없다. 가는 곳마다 사랑이 깃들어 있는 것도 아니다. 보이는 것마다 사랑을 담고 있는 것도 아니다. 끼니때마다 사랑을 먹을 수 있는 것도 아니다. 세상에는 사랑이라는 말이 단 한 번도 나오지 않는 책도 있다. 세상에는 자연도 있고 정치도 있고 수학도 있고 과학도 있다. 세상에는 사랑 말고도 많은 것들이 존재한다.

분야를 막론하고 천재성과 탐구심을 가진 사람들은 언제나 할 일이 많은 법이다. 그러나 지금의 시라노 드 베르주라크는 그저 살아남는 일에만 전심전력해야 했다.

　아라스 성 동문을 둘러싼 전투가 최고조에 달했을 때 구원병이 도착했다. 그들은 배후에서 스페인군을 소탕하여 근위대가 전멸할 뻔했던 위기를 결국 승리로 바꿔놓았다. 구원병이 싸움터에 이르러 발견한 것은 말들, 시체들, 부상자들, 그리고 잔치를 벌인 듯한 흔적이었다. 한 장교가 젊은 청년 귀족의 시체 곁에 무릎을 꿇고 있는 대위 한 명을 발견했다. 땅바닥에 이마를 대고 두 손을 가슴에 모은 자세였다. 대위가 죽은 젊은이 때문에 슬퍼하는 중이라고 생각한 장교는 그를 위로하려고 손을 내밀었다가 깜짝 놀라서 도로 거두었다. 손이 피투성이가 되어 있었다.

　살아남은 전우들은 드 베르주라크 대위가 방책 꼭대기에 올라서서 꼬박 한 시간 동안 싸웠다고 증언했다. 그는 초인적인 용맹성을 발휘하여 스페인군을 백 명이나 쓰러뜨렸지만 결국 적의 칼날에 목을 다쳐 오른팔을 쓸 수 없게 되었다. 그때부터 왼팔로 싸우면서 후퇴하다가 크리스티앙 드 뇌비예트의 시신이 있는 곳에 이르렀고, 마치 지친 아이가 기도를 하다 잠들어버리듯이 마침내 무릎을 꿇고 의식을 잃었다고 한다.

회복 과정은 길고도 지루했다. 다친 짐승들은 으레 어두운 은신처로 숨어들어 상처를 핥으며 지내기 마련이다. 시라노가 선택한 은신처는 파리의 초라한 아파트였지만 사방에 책과 잉크병이 즐비해서 전쟁터로 나가는 군인들의 발소리와 탈것들의 소음을 막아주기에는 충분했다.

군인이나 검객으로서의 인생은 끝난 셈이었다. 그래서 시라노는 전쟁터 대신 종이 위에서 악인들과 백치들과 정치가들을 상대로 싸움을 벌였다. 희곡과 소설과 시를 썼다. 파리의 점잖은 숙녀들이 부채질을 하며 항의할 만큼 잔인무도하고 충격적인 일들을 이야기했다. 파리의 신사들이 폭소를 터뜨리며 호통을 칠만큼 뻔뻔스럽고 창피스러운 일들을 이야기했다. 그의 적들이 이를 갈면서 그의 입을 영원히 봉해버리겠다고 다짐할 만큼 입밖에 내기 부적절한 일들을 성난 어조로 이야기했다. 신문에 투고하기도 했고 소책자를 발행하기도 했다. 때로는 (비록 호의적인 글은 아니었지만) 하느님에 대해서도 썼고 심지어 섹스에 대해서도 썼다.

그러나 사랑에 대해서는 한 마디도 쓰지 않았다.

그리고 그의 작고 쓸쓸한 방에 백 명의 자객처럼 그림자가 하나둘씩 늘어날 무렵이면 그는 창가로 다가가서 둥근 천장 같은 우주에 별빛으로 적혀 있는 이야기들을 물끄러미 올려다보았다. 그러다가 칼을 잡을 수 없는 오른팔을 잠든 아이처럼 가슴에 품은 채, 시라노 드 베르주라크는 파리의 지저분한 뒷골목을 벗어나 순백의 풍경이 지배하는 달나라로 상상의 여행을 떠났다.

시라노 드 베르주라크는 매주 토요일 오랜 친구를 만나러 성 십자가 수녀원을 찾아갔다.

9
파나슈
Panache

마르트 수녀가 마멀레이드 병에 뚜껑을 덮으면서 외쳤다.

"아, 그분은 너무너무 못됐어요!"

클레르 수녀도 맞장구를 쳤다.

"게다가 순 거짓말쟁이죠! 지난번에 오셨을 땐 폭죽을 잔뜩 매단 상자를 타고 달나라에 다녀왔다고 하시더라고요!"

"저한테는 하얀 타조를 타고 고요의 바다*를 종횡무진 누볐다는 얘기까지 하시던데요!"

두 수녀는 터무니없는 거짓말에 기가 막히면서도 즐겁다는 듯이 탄성을 터뜨렸다.

---

* 달표면의 한 지역에 펼쳐진 평탄한 지대를 가리키는 말.

원장수녀가 상냥하게 말했다.

"아마 두 분을 놀리신 거겠죠. 아니면 당신이 쓰신 책에 나오는 얘기거나."

"아무튼 가톨릭교도로서는 아주 형편없는 분이에요. 그렇게 오랫동안 이곳을 찾으셨으니 지금쯤이면 웬만큼 회개하실 만도 한데 말예요."

말은 그렇게 했지만 마르트 수녀의 목소리에는 못마땅하다기보다 들뜬 기색이 역력했다.

클레르 수녀가 다짐하듯이 말했다.

"우리가 그렇게 만들 거예요! 꼭 그래야 해요! 정말 친절하고 재미있는 분이고 우리 모두 그분을 깊이 사랑하니까요!"

마르그리트 원장수녀가 한 손을 들었다.

"난 그러지 말라고 하고 싶네요. 아니, 그러다가 그분이 오고 싶어도 망설이게 되면 어쩌려고? 그렇게 착하고 가엾은 분을 괴롭히지 말아요. 그보다 마멀레이드나 만들어드리는 게 나을 거예요."

그러자 마르트 수녀가 킥킥 웃으며 외쳤다.

"아, 맞아요! 그분은 욕심도 차암 많아요! 여기 오실 때마다 지난 금요일에 고기를 잔뜩 먹었다고 자랑하시거든요. 단식일에 고기를 먹다니 말도 안 되는 일이잖아요!"

그 말을 듣고 마르그리트 원장수녀가 말했다.

"지난번에 나한테도 그런 말씀을 하셨지만 그때 이틀 동안 아무것도 못 드셨다는 걸 확실히 알고 있어요."

젊은 수녀들은 믿을 수 없다는 듯이 입을 딱 벌렸다. 아닌 게 아니라 시라노의 모습은 전혀 대식가처럼 보이지 않았다. 오히려 올 때마다 옷이 점점 더 헐렁헐렁해지는 듯싶었다. 게다가 언제나 같은 옷이었다. 늘 똑같이 허름한 단벌이었다. 그러나 위풍당당한 드 베르주라크 대위가—입만 열면 극장이니 무도회니 연회니 달나라 로켓이니 떠들어대는 그가—설마 먹을 게 없어 굶주릴 리가 있겠는가? 마르트 수녀가 물었다.

"누가 그래요, 원장수녀님?"

"그분의 친구 르 브레 씨가 그러더군요."

"하지만 친구분들이 그분을 보살펴주지도 않나요? 어려울 때 도와주지도?"

"그분은 그런 거 싫어해요. 자존심이 너무 강해서 남의 도움은 안 받는 거죠. 그리고 그분이 쓰는 글 때문에 요즘은 친구보다 적이 더 많아졌어요. 아시다시피 우리 대위님은 남들이 듣고 싶어하는 말을 잘 못할 때가 가끔 있잖아요."

마르트 수녀와 클레르 수녀는 더욱더 믿지 못하겠다는 표정이었다. 누가 뭐래도 시라노 대위는 그때그때 필요한 말을 어김없이 찾아내는 비상한 재주를 가진 사람이 아닌가! 그는 언제나 수녀들을 웃게 만들었고, 심지어 마담 록산을 둘러싸고 떠날 줄 모르는 먹구름마저 일순간에 걷어낼 수 있는 사람이었다.

록산 드 뇌비예트는 벌써 십오 년째 수녀원에 살고 있었다. 흰 옷을 입은 수녀들 틈에서 검은 상복을 입은 그녀의 모습은 비둘기 떼 속에 끼어든 한 마리 찌르레기를 연상시켰다. 토요일마다 팔촌오빠 시라노가 찾아와 바깥소식을 전해주면서 최근에 쓴 원고를 읽어주기도 했고 상스러운 추문이나 자기가 지어낸 터무니없는 이야기를 들려주기도 했다. 그들은 나뭇잎들이 수런거리는 수녀원 정원을 함께 거닐었고, 그때마다 록산 드 뇌비예트는 잠시나마 미소를 짓기도 했고 시라노와 언쟁을 벌이면서 이교도나 무법자 같은 그를 호되게 꾸짖기도 했다.

록산은 이따금씩 토요일을 간절히 기다리며 자신이 시라노를 보고 싶어한다는 걸 깨닫곤 했다. 그러나 곧 생각이 다른 곳에 미치면 다시 잿빛 털실 같은 슬픔을 몸에 두르고 죽은 남편을 애도했다.

오늘따라 시라노가 늦는구나. 그때 문득 발소리가 들려왔다.

록산은 미소를 지으면서 시간을 지키지 않는 그를 책망하려고 고개를 들었다. 그러나 정문 앞에 나타난 그림자를 보는 순간 불현듯 한기를 느꼈다. 십오 년이라는 세월이 순식간에 사라지고 설탕을 입힌 꽃 냄새가 코를 찔렀다. 그 사람은 그녀의 상복만큼이나 칙칙한 옷차림을 하고 있었다. 마치 사신死神이 나타나 햇빛을 가로막은 듯했다. 이윽고 지팡이의 은제 손잡이에서 검은 장갑 하나가 스르르 떠오르고 드 기슈 백작이 류머티즘이 허락하는 한도 내에서 깊숙이 허리를 굽혔다.

"앙투안! 파리에 계신 줄 몰랐어요. 이렇게 뵙게 돼서 정말 반가워요. 저는 시라노가 온 줄 알았어요."

"아. 그래요."

드 기슈도 이 수녀원에 오면 그 가스코뉴인을 만날 수 있다는 말을 들었던 것이다.

두 사람은 백골처럼 새하얀 회랑을 따라 거닐다가 비단결 같은 잔디밭을 건너 병풍처럼 둘러선 숲 쪽으로 걸음을 옮겼다. 그곳에는 오후의 햇살이 나무 위에만 황조롱이처럼 맴돌고 있었다. 백작의 망토와 록산의 치마에 쓸려 날아오르는 낙엽들이 마치 극장에 모인 험담꾼들처럼, 혹은 성당에 모인 교인들처럼 속닥거렸다. 드 기슈는 자신의 화려한 경력에 대해 이야기했다. 전쟁터에서, 정계에서, 부자들과 귀족들 사이에서의 경력들. 그는 자신의 성공담이 딱히 록산을 따분하게 하는 것은 아니지만 그렇다고 그녀를 감동시키지도 못한다는 것을 알았다. 그녀는 그가 열심히 긁어모은 부와 명성을 탐내지 않았다. 드 기슈가 자신에 대해 이야기하면서 마치 너무 오래 볶아 타버린 커피처럼 한 마디 한 마디가 씁쓸하다고 생각한 것은 이번이 처음도 아니었다.

나무 밑에 의자 두 개가 놓여 있었다. 오늘 찾아올 시라노를 위해 준비한 자리였다. 두 오누이는 그렇게 나란히 앉아 이야기를 나누면서 떠오르는 달을 바라보기를 좋아했다. 록산이 의자에 앉더니 검은 드레스의 호주머니에서 뭔가 희끄무레한 것을 끄집어냈다.

드 기슈가 물었다.

"이제 평온을 되찾았소? 여기 수녀들 사이에서?"

"네, 그래요! 때로는 이곳이 낙원의 이웃 같기도 하죠. 낙원이 멀지 않아요. 그이가 느껴질 정도예요. 마치 바로 한 걸음 앞에, 바로 담 너머에 있는 듯해요."

"아직도 그 친구를 생각하며 슬퍼하는군. 당신의 크리스티앙을."

전쟁터에서 얻은 오래된 상처가 이빨 빠진 개처럼 그의 골반을 물어뜯었다. 드 기슈는 지팡이에 좀더 체중을 실었다. 일단

의자에 앉으면 품위 있게 일어날 수 없을까봐 참는 중이었다. 벌써 죽은 지 십오 년도 넘은 남자를 아직도 애도하고 있다니 정말 집요하고 고집스러운─이상한─여자가 아닐 수 없다. 그러나 따지고 보면 드 기슈 자신도 같은 기간 동안 록산을─부질없이, 헛되이─갈망하며 지내지 않았던가?

록산이 무릎에 놓인 실타래에서 자수실을 한 가닥 뽑아냈다. 마치 무지개를 손질하는 천사 같은 모습이었다.

"그이가 저를 온통 둘러싸고 있는 듯한데…… 지금 피어오르는 이 가을 안개처럼요. 제 느낌은…… 이걸 어떻게 설명해야 할까요? 마치 그이가 저를 지켜주고 있는 것 같아요. 물론 그이가 쓴 편지들도 간직하고 있죠. 한결같이 놀라운 편지예요. 저는 그이가 보내준 편지를 하루도 빠짐없이 읽고 또 읽어요."

드 기슈는 재빨리 고개를 돌렸다. 긴 적막이 흘렀다. 그러나 이미 적막에 익숙한 록산은 대수롭게 여기지 않았다. 그저 하던 대로 색색의 비단실을 한 올 한 올 뽑아낼 뿐이었다.

"그런데 팔촌오빠 시라노는? 오늘 이곳으로 오는 거요?"

"토요일마다 와요. 세시 정각에, 성당을 찾는 교인처럼 경건하게."

"하! 드 베르주라크가 경건하게 하는 일도 있다니 도저히 믿기 어려운 일이군."

그러자 록산이 미소를 지었다.

"아, 겉으로만 그럴 뿐이지 이교도와는 거리가 먼 사람이에요."

"그 친구는 적을 너무 많이 만들었소."

그 말을 듣고도 록산은 대수롭게 여기지 않았다. 위험을 암시하거나 경고하는 말로는 듣지 않았다.

"우리 시라노 오빠가? 그럴 리가 없어요. 저한테 오빠는 신문이기도 해요. 기자라고 해도 좋겠죠. 재치가 넘치고 유쾌한 사람이에요. 무슨 일이 있어도 낙심하지 않거든요!"

드 기슈는 지팡이의 은제 손잡이를 뚫어져라 내려다보았다. 그리고 탁월한 배우이기도 하지. 그렇게 말하고 싶었지만 그는 아무 말도 하지 않았다. 록산의 생활은 단순했다. 그녀 스스로 가장 중요한 것들만 남겨놓고 나머지는 다 포기하여 지극히 단순화시켰기 때문이다. 그러나 드 기슈는 그녀의 이 진공 상태가 부러울 지경이었다. 그녀가 추억과 슬픔에 젖어 스스로 갇혀버린 이 유리병 같은 삶이 부러웠다. 수녀들은—아니, 마을 전체가—그녀를 성자처럼 떠받들었다. 그러나 드 기슈는 진짜 성자는 따로 있다고 생각했다. 그 성자는 검은 옷이 아니라 허름한 가죽옷에 하얀 리본을 달고 다녔다.

그가 알고 있는 온갖 비밀들이 검은 뱀장어 떼처럼 모여들어 꿈틀거렸지만 드 기슈는 머리를 흔들어 모두 털어버리고 아무 말도 하지 않기로 했다. 록산 드 뇌비예트를 정말 사랑한다면 그녀를 고통으로부터 보호해야 한다. 그녀의 착각마저 지켜주고, 이 수녀원의 버드나무숲을 거닐며 살아가는 그녀의 슬프고 공허하지만 평화로운 삶도 지켜주어야 한다.

그때 록산이 발소리를 듣고 말했다.

"아! 드디어 시라노가 나타났네요. 아니, 아니군요! 맙소사! 오늘은 손님이 많이 오시네요."

드 기슈는 황급히 숲을 가로질러가서 르 브레의 옷소매를 붙잡고 나지막이 속삭이며 이렇게 물었다.

"오늘 시라노 본 적 있나? 없어?"

르 브레는 늙고 지치고 기진맥진한 모습이었다. 그는 계략을 두려워하는 사람처럼 옛 지휘관으로부터 조금 물러섰다.

"여기도 없습니까? 여기 있을 줄 알았는데요. 오늘이 토요일 맞죠? 한 번도 거르는 일이 없었는데……"

그러자 드 기슈가 속닥거렸다.

"그 친구를 만나거든 내 말 좀 전해주게. 조심하라고 해. 오늘 내가 어떤 소문을 들었네. 그 친구가 마침내 건드리지 말아야 할 사람을 건드렸다는 거야. 그래서 불의의 사고를 당할 거라는 얘기였어."

르 브레는 눈을 껌벅거리며 멍하니 드 기슈를 쳐다보았다. 걱정 때문에 머리마저 둔해지고 짊어진 짐의 무게는 드디어 그의 한계를 넘어선 듯했다. 그러나 두 사람은 이제 록산도 들을 수 있는 거리에 있었으므로 더이상 대화를 계속할 수는 없었다. 드 기슈는 억지웃음을 지으며 다시 목소리를 높였다.

"그런데 드 베르주라크는, 그 못된 친구는 요즘 어떻게 지내나?"

르 브레는 입술을 잘근잘근 씹으면서 움켜쥔 모자를 아랫배에 갖다 댔다. 속 시원하게 말해버릴 기회가 생겨 기뻐하는 듯했다.

"아, 좋지 않죠! 아주 안 좋아요! 만날 때마다 허리띠를 한 칸더 졸라매고 있더라구요! 그 커다란 코도 지금은 밀랍처럼 창백해졌어요!"

그러자 록산이 명랑하게 웃었다.

"아, 르 브레! 당신 같은 시인들은 과장이 너무 심해요!"

르 브레는 이제야 자기 말을 믿어줄 사람을 만났다는 듯 애원하는 눈으로 드 기슈의 얼굴을 바라보았다.

"시라노는 이제 옷도 달랑 한 벌만 남았고, 밤마다 먹을 게 없거나 일하고 싶어도 양초가 없어서 어쩔 수 없이 잠자리에 들어요!"

그러다 드 기슈가 마치 연민의 냄새를 날려보내려는 듯 가볍게 손을 내젓는 것을 보더니 르 브레는 눈에 띄게 풀이 죽었다.

"흔해빠진 일이지."

드 기슈는 자신의 얼굴에 상대의 증오가 침 덩어리처럼 날아 드는 것을 느꼈다. 그는 고개를 절레절레 흔들었다. 그리고 부드 럽게 말했다.

"자네는 내가 무정하고 냉혹하다고 생각하겠지. 아니, 악독하 다고 생각할지도 몰라. 하지만 그건 오해야. 물론 내가 모든 걸 가진 건 사실일세. 재산, 지위, 권세, 명성…… 그렇지만! 그렇 지만…… 정말 중요한 것들로 따진다면 드 베르주라크가 나보 다 부자라네. 그 친구는 언제나 자신을 지켰어. 본성을 잃지 않 았단 말일세. 단 한 번도 반쪽짜리 진실이나 차선 따위에 안주하 지 않았지. 돈 한 푼 얻으려고 부자들에게 알랑거리지도 않았어. 인기에 영합해서 거짓말이나 아부를 하거나 소신을 굽히지도 않 았고. 자신의 안위를 위해 침묵하지도 않았어. 등뒤에서 남을 헐 뜯은 적도 없었지. 언쟁이 생겼을 때 물러선 적도 없고 싸움이 벌어졌을 때 굴복한 적도 없어. 그런데 내가 그 친구를 동정하겠 나? 르 브레, 나는 시라노 드 베르주라크를 동정하지 않네. 인생 을 멋지게 살았으니 부러워할 뿐이지. 그리고 그 친구와 악수 한 번 나눌 수 있다면 영광으로 생각할 거야. 다만 내가 그럴 만큼 사내답지 않아서 못 할 뿐이네."

그는 시라노 대신 르 브레의 손을 잡았고, 두 사람은 인생의
온갖 슬픔과 불공평한 일들을 생각하다가 문득 무지개 같은 비
단 실타래를 풀고 있는 록산에게 시선을 돌렸다.

그들은 록산을 홀로 남겨두고 그 자리를 떠났다. 그녀는 '재
치가 넘치고 유쾌한', 그리고 무슨 일이 있어도 낙심하지 않는
팔촌오빠를 기다렸다.

네시가 되자 수녀원의 문과 창문이 차례로 닫혔다. 다섯시가
되자 파리 사람들이 저마다 빵이나 과일을, 혹은 남모르는 기쁨
이나 고민을 안고 일터를 떠나 집으로 향했다.

마르트 수녀가 자기도 모르게 마음을 졸이면서 말했다.

"시라노 대위님이 오늘은 못 오시나봐요."

그러자 록산이 왼손에 진홍색 실을 감으면서 말했다.

"올 거예요. 시라노는 꼭 와요."

시라노는 정말 왔다.

여섯시였다. 밤을 맞이하여 수녀원 정문이 막 닫히려는 순간
시라노가 나타났다. 마치 폭풍에 난파하여 돛이 너덜너덜해지고
삭구는 토막토막 끊어지고 선체에 구멍이 숭숭 뚫려 기우뚱거리
면서 느릿느릿 항구로 들어오는 해적선을 보는 듯했다. 얼굴이
거의 안 보일 정도로 모자를 깊이 눌러쓰고 있었다.

록산은 고개를 들지 않았다. 그래서 그가 수녀원의 정원을 가

로질러 나무 아래 놓인 의자까지 걸어오는 과정이 얼마나 힘겨웠는지 알아차리지 못했다. 록산은 자수틀을 내려다보면서 미소를 머금고 조용히 말했다.

"도대체 지금이 몇시죠, 오빠?"

"미안하다. 젠장, 내가 좀 늦었네. 아주 성가시고 고집 센 손님이 찾아오는 바람에. 난 이렇게 말했지. '미안하지만 오늘은 토요일이오. 오랫동안 지켜온 약속이 있는데 차마 그걸 어길 수가 없구려. 한 시간쯤 있다가 다시 오시오.'"

"그분은 좀더 기다리셔야 할 걸요. 아무리 일러도 해가 지기 전엔 내가 오빠를 보내주지 않을 테니까."

시라노는 의자에 앉아 팔걸이를 움켜쥐면서 눈을 감았다.

"좀더 일찍 가야 할지도 몰라."

마멀레이드를 전해주는 임무를 맡게 되어 신바람이 난 마르트 수녀가 점잔을 빼면서 숲 사이로 미끄러지듯이 다가왔다. 얌전하게 눈을 내리깔고 있었지만 허리를 굽혀 마멀레이드 병을 시라노의 의자 옆에 내려놓을 때는 더이상 궁금증을 참지 못하고 그의 얼굴을 훔쳐보았다. 원장수녀의 말이 사실인지 확인하기 위해서였다. 다음 순간 그녀는 깜짝 놀라 숨을 멈추고 말았다. 커다란 근위대 모자에 가려진 그의 얼굴은 백지장처럼 창백했고 움푹 꺼진 두 눈은 마치 눈밭에 떨어뜨린 뜨거운 숯덩어리 같았다. 눈언저리와 뺨의 윤곽을 타고 흘러내린 한 줄기 핏물이 그의 거대한 코가 드리우는 그늘 밑에서 천천히 움직이고 있었다. 시라노가 록산을 곁눈질하면서 속삭였다.

"조용히. 별일 아닙니다."

"나중에 주방으로 오세요. 따끈한 수프가 있으니까…… 꼭 오셔야 해요!"

그러자 시라노가 그러겠다고 약속했다. 그래서 마르트 수녀는 더욱 걱정스러웠다. 평소의 시라노라면 누가 시키는 대로 순순히 따르는 법이 없었다.

마르트 수녀의 걱정스러운 표정을 본 시라노가 지분덕거렸다.

"왜요? 오늘밤은 저답지 않아서 그러십니까? 그럼 또 어떻게 놀라게 해드릴까, 우리 마르트 수녀님을? 가만있자……"

그러더니 다시 소리를 죽여 이렇게 속삭였다.

"오늘밤 예배당에서 저를 위해 기도해주세요."

이번에는 마르트 수녀도 수줍음을 버리고 그의 시선을 똑바로 마주 보았다.

"그런 거라면 굳이 부탁하시지 않아도 잘하고 있어요."

그렇게 중얼거린 그녀는 노아의 방주에서 마른 땅을 찾아 날아가는 비둘기처럼 부랴부랴 떠나버렸다. 나무들이 부르르 떨면서 핏빛으로 물든 낙엽을 우수수 지상으로 털어냈다.

온갖 벌레가 들끓고 모든 것이 썩어 문드러지는 땅을 향하여 최후의 아름다운 여행을 감행하다니 실로 대단한 용기가 아닐 수 없었다.

　이윽고 록산이 말했다.

　"말해봐요. 이렇게 왔으니까 이젠 나를 즐겁게 해줄 차례잖아요?"

　시라노는 허리를 조금 더 펴고 앉았다.

　"당연하지! 당연히 그래야지. 내가 게으름을 피웠구나. 어디 보자. 지난 토요일엔 폐하께서 구스베리 크림을 너무 많이 드셔서 배탈이 났다더라. 그래서 새벽녘에 구스베리 덤불이 반역죄로 교수형을 당했지. 왕실 무도회 때는 즐거움을 위해 흰색 양초 763개가 화형을 당했고. 일요일엔ー새삼스러운 일도 아니지만ー전쟁을 완전히 매듭지을 빛나는 승리를 목전에 두고 있다는 소식이 전해졌어. 이달 들어 아마 네번째일 거야. 그리고 마담 다티 댁 개가 진정제를 맞았대. 월요일엔 별일 없었지만 리그다미르가 사랑에 빠졌다더군. 화요일엔 왕실 전체가 퐁텐블로 궁으로 옮겨갔고 리그다미르의 사랑은 식어버렸어. 수요일엔 만시니 아씨가 자기가 왕비 자리를 차지하는 건 시간문제라고 생각했지. 그런데 목요일엔 그 자리를 노리는 여자가 자기만이 아니라는 걸 알게 된 거야. 사실은 폐하께서 면접을 하시는 중이었거든. 금요일엔 몰리에르가 내 희곡에서 한 장면을 통째로 베껴 먹었는데 거의 낱말 하나도 안 바꿨더라고. 뭐, 흔한 말로 표절은 최고의 찬사라고 하니까. 그리고……"

아무런 예고도 없이 시라노가 의자 위에서 옆으로 픽 쓰러졌다. 무릎에 놓인 그의 두 손이 경련을 일으켰고 그의 머리가 가슴팍에 툭 떨어졌다. 록산이 외마디 소리를 지르며 그의 의자 곁에 무릎을 꿇었다. 그녀가 도와달라고 소리쳤지만 저녁기도 시간을 알리는 종소리 때문에 아무도 듣지 못했다.

그래도 상관없었다. 잠시 후 시라노가 눈을 떴기 때문이다. 그는 잠시 어리둥절한 표정을 짓더니 곧 손을 들어 모자를 단단히 눌러썼다.

"별일 아니야. 난 괜찮아. 그저 묵은 상처 때문에…… 아라스에서 다친 거 알지? 여기가 가끔……"

시라노는 목에 난 흉터를 쓰다듬었고 록산은 자신의 가슴에 손을 얹었다.

"아, 그래요. 우린 둘 다 영원히 아물지 않는 상처를 가지고 있죠? 내 상처는 여기 있어요. 잉크는 색이 다 바랬지만 아픔은 그렇지가 않네요."

록산은 그렇게 또다시 현실세계를 떠나서 에덴동산처럼 단순하고 완벽하면서도 서글픈 감상적 과거로 도피했다.

그때 시라노가 말했다.

"언젠가 내게도 보여주겠다고 했었지. 크리스티앙이 썼다는 그 편지 말이야."

록산은 마치 그가 자신의 자수에 관심을 보이거나 자기 어머니의 안부를 물은 것처럼 반가워했다.

"아, 보고 싶어요?"

"오늘은 꼭 보고 싶어. 그래."

그 편지는 비단 주머니에 담긴 채 그녀의 목에 걸려 있었다. 신앙심 깊은 사람들이 성물을 지니고 다니는 바로 그 자리, 미신을 믿는 사람들이 행운의 부적을 지니고 다니는 바로 그 자리였다. 록산은 지극히 조심스럽게 편지를 꺼냈다. 그렇게 정성껏 다뤘는데도 너무 많이 만진 탓에 접힌 곳이 닳아서 나달나달했다. 한쪽 구석에는 붉은 봉랍만한 핏자국이, 다른 한쪽에는 눈물 자국이 있었다. 록산이 편지를 건네주었고 시라노는 거울에 비친 얼굴만큼이나 낯익은 자신의 필적을 내려다보았다. 아니, 그는 거울을 기피했으므로 얼굴보다 필적이 더 낯익었다. 록산이 자기 의자로 돌아갔다.

"잘 있어요, 록산. 나는 곧 죽게 될 거예요."

"소리 내서 읽으려고요?"

그녀로서는 예상치 못한 일이었다. 편지 속의 말들이 핏빛 낙엽처럼 그녀에게 떨어져내릴 줄은 미처 몰랐던 것이다.

"오늘 죽음이 나를 찾아올 것 같은데 가슴속에 가득 찬 감정들이 눈으로 넘쳐 흐르는군요. 그러나 한편으로는 분노가 치밀어오릅니다. 그대의 눈동자에 비친 내 모습을 두 번 다시 볼 수 없음을, 남들은 여전히 그대의 아름다움을 볼 수 있지만 나는 그럴 수 없음을 알기 때문입니다. 나는 그대의 아름다움을, 내가 날마다 마음으로 찬양하는 그 아름다움을 지극히 사소한 부분까지 하나하나 떠올려봅니다. 그대가 눈을 가린 머리카락을 쓸어넘기는 모습, 웃을 때 눈을 깜박거리는 모습……"

"지금 그 말투!"

록산의 자수틀이 무릎에서 미끄러져 떨어졌다. 그녀는 숨조차 쉴 수 없었고 눈앞에서 불꽃처럼 폭발하는 무수한 빛깔들을 보았다.

"우주의 평행선들이 모두 그대에게 모여듭니다, 나의 영원이여. 그대는 이 세계의 중심입니다. 해는 나의 열정으로부터 열기를 얻고 달은 갈망을 못 이기는 나를 대신하여 창백해졌습니다. 그런데 내가 그대를 영영 다시 볼 수 없다니?"

"그 목소리!"

문득 재스민 향기가 밀려왔다. 그러나 수녀원 정원에 재스민은 하나도 없었다. 그녀의 의자 팔걸이는 뒤엉킨 덩굴 모양으로 세공되어 마치 발코니의 난간 같았다. 두 사람이 앉아 있는 언덕

위에서 록산은 어둠에 잠긴 미로처럼 멀리까지 펼쳐진 파리 시내를 한눈에 내려다볼 수 있었다. 하나둘씩 불이 켜졌다. 너울너울 날아가는 박쥐들이 하늘에 바늘구멍을 뚫는 듯했다. 서쪽에만 약간의 여명이 남아 있었다. 하늘 한구석에서 핏빛 얼룩이 차츰 흐려져갔다.

수녀원의 숲속은 너무 어두워 도저히 글을 읽을 수 없었다. 어차피 그 편지는 시라노의 손에 잡힌 채 풀밭에 닿을락 말락 늘어져 있었다. 마치 이슬에 젖어 죽어가는 한 마리 흰 나방 같았다. 그런데도 시라노는 편지의 내용을 말하고 있었다.

"지금까지 나는 말을 가지고 그대의 마음에 호소하려 했으나 말은 흑백일 뿐이니 내 재주로는 내 사랑을 형용할 길이 없습니다. 내 사랑을 그려내기 위해서는 일찍이 아무도 보지 못한 온갖 빛깔과 아무도 만들지 못한 온갖 낱말이 필요합니다. 무궁무진한 시간과 광대무변한 우주조차도 내 사랑을 온전히 담아내기엔 부족합니다. 한낱 죽음 따위는 결코 내 사랑을 소멸시킬 수 없습니다. 내일도 모레도 그다음 날도, 내 사랑은 줄어들지도 끝나지도 않은 채 여전히 그대가 올려다보는 하늘을 가득 채우며 아득한 그대 손으로 숨어들 것입니다."

"그랬으면서 십오 년 동안이나 오랜 친구 노릇에 만족하면서 이렇게 찾아와 재담을 늘어놓고 나를 위로했군요."

록산의 목소리는 어느 머나먼 시공을 헤매던 시라노를 도로 불러들였다. 그는 얼른 편지를 들어올렸다.

"오빠였어요. 처음부터 끝까지 오빠였어요."

"아니야! 절대로 아니야!"

"어둠 속의 그 목소리도 오빠였어요."

"아니야, 록산! 그건 오해야!"

"편지를 쓴 사람도 오빠였어요."

"아니라니까! 맹세코 아니야!"

그는 고문당하는 죄수처럼 한사코 결백을 주장했다.

"난 너를 사랑하지 않았어! 너를 사랑한 사람은 크리스티앙이야!"

"오빠는 지금도 나를 사랑해요."

시라노는 자신의 말을 믿게 하려고 애쓰다가 다급한 나머지 그녀의 두 손을 움켜쥐고 거듭거듭 입맞춤을 퍼부었다.

"아니야! 아니야, 내 소중한 사랑! 내 하나뿐인 사랑! 내 사랑 록산! 난 절대로 너를 사랑하지 않았어."

어딘가에 앉아 있던 새 한 마리가 삭정이 하나를 건드렸고, 그 것은 나뭇잎을 헤치며 떨어져내리다가 마침내 땅에 부딪쳐 쿵 하고 둔탁한 소리를 냈다.

"그런데 왜 그랬어요? 이유가 뭐예요?"

그렇게 물으면서 록산은 자신이 쥐고 있는 시라노의 손이 얼음처럼 차디차다는 것을 어렴풋이 의식했다.

"무엇 때문에 십오 년이나 허송세월했어요? 그냥 말해버리지 그랬어요? 그 편지의 눈물 자국은 내 것이라고."

그러자 시라노는 구겨진 편지를 록산의 눈앞에 휘두르면서 아주 또렷하고 침착한 목소리로 말했다.

"여기 묻은 핏자국은 크리스티앙의 것이니까!"

나뭇가지 사이로 떠오르는 달은 울퉁불퉁했고 상처투성이였으며 시체처럼 창백했다. 그때 수녀원 정문 쪽에서 소동이 일어났다. 연철 대문을 마구 흔드는 소리, 빗장이 삐걱거리는 소리.

록산은 시라노의 심정을 이해할 수 있었다. 그녀는 시라노의 그 침묵이 그의 성격에 완벽하게 들어맞는다는 것을 이제야 깨달았다. 그는 다른 사람의 추억을 지켜주기 위해 자신의 행복마저 희생하는 사람이니까. 언제나 지나치게 관대해서 탈이니까. 언제나 어리석을 정도로 고결한 태도만 고집하니까. 록산은 시라노의 발치에 웅크리고 앉아 그의 무릎에 머리를 얹었다. 수은처럼 흐르는 달빛이 차츰 정원과 숲과 길과 의자를, 그리고 시라노의 모자띠에 꽂힌 하얀 파나슈를 은빛으로 물들이면서 록산의 마음속에 행복의 가능성을 다시 일깨워주었다. 비록 기나긴 세월을 잃어버리고 말았지만 지금이라도 그 실수를 깨달았으니 남은 시간 동안은 행복을 누릴 수 있으리라. 아직 시간이 남았다.

록산이 말했다.

"지금도 늦지 않았어요."

그 순간 정원의 적막이 산산이 깨져버렸고 마치 포탄이 날아들 듯 거대한 몸집의 라그노가 숲을 헤치며 요란스럽게 달려왔다.

"시라노가 여기 있죠? 그렇죠? 바보 같은 친구! 그런 상처를 입은 몸으로? 결국 오고 만 거야? 어떻게 여기까지 왔을까? 내 틀림없이 그럴 줄 알았다니까! 저 친구가 이리로 올 줄 알았다고!"

그의 얼굴은 시럽과 땀과 눈물에 젖어 번들거렸다. 시인 친구들이 전해준 소식을 듣자마자 엉엉 울면서 빵집 주방에서 여기까지 쉬지 않고 달려왔기 때문이다.

시라노가 낮고 우울한 웃음을 터뜨리며 몸을 들썩거렸다.

"아, 그렇지. 미안해, 아가씨. 내가 아직 오늘의 소식을 말해주지 못했지?"

그는 몹시 힘겨워하면서 억지로 일어섰다. 장엄한 동작을 취하는 데 지장이 없도록 하기 위해서였다.

"26일 토요일, 시인이자 검객, 철학자, 우주 여행자, 군인, 음악가, 아무튼 여러모로 재미있는 인물이라 할 수 있는 에르퀼 사비니앵 시라노 드 베르주라크 씨가 어느 숙녀분을 만나러 가던 길에 어두운 골목에서 매복 공격을 받았지. 어느 잡놈이 등

뒤에서 다가와 커다란 나무토막으로 다짜고짜 골통을 찍어버린 거야."

그러면서 그는 모자를 벗었고, 록산은 그의 두피가 깊게 찢어져 머리카락과 목깃이 온통 피범벅이 된 것을 볼 수 있었다.

"이 얼마나 어울리는가! 내 인생에 딱 맞는 최후가 아닌가! 난 적어도 내 칼을 손에 쥐고서 누군가의 칼에 죽게 될 거라고 생각했건만. 이 몸은 죽음마저 익살극의 한 장면이구나. 흉하고 우스꽝스러워. 바로 나처럼."

"마르트 수녀님! 클레르 수녀님! 빨리 오세요! 움직이지 말아요! 도와줄 사람을 불러올게요!"

그러나 시라노가 다시 의자에 털썩 쓰러지면서 록산의 치맛자락을 붙잡았다.

"가지 마, 록산. 네가 돌아올 때쯤이면 난 벌써 이곳에 없을 거야."

록산은 자신의 두 손을 내려다보았다. 조금 전까지만 해도 손바닥이 은빛으로 가득했지만 달이 구름 속으로 들어가버린 지금은 다시 텅 비어 있었다.

"난 오빠한테 모든 걸 드려야 했어요. 그런데 이렇게 불행만 안겨줬네요."

"아니야! 아니야."

그는 손끝으로 록산의 옷자락을 쓰다듬었다.

"그렇지 않아. 너는 나에게 우정을 줬으니까. 다른 여자들은 나를 보고 웃기만 했지. 넌 달랐어. 적어도 내 얼굴의 이면까지 볼 줄 알았으니까. 그리고 여인의 우정이란 크나큰 축복이야. 아, 정말 거대한 축복이지!"

달이 다시 구름을 벗어나면서 그의 이마에 서서히 흘러내리는 한 줄기 검은 액체를 비춰주었다. 마치 하늘에서 천사들이 손을 내밀고 이 죽어가는 사내에게 피를 부어 성별聖別하는 듯했다. 시라노가 고개를 들더니 마치 혼잡한 극장 안에서 멀리 떨어진 친지에게 인사하듯이 달을 향해 손을 흔들었다.

"아! 저기 내 친구가 또 있었네. 나를 기다리는 중이야. 아무래도 너한테 작별인사를 해야겠어. 내가 갈 곳이 바로 저기야. 저 빛을 향해 올라가야지. 저 위에 가면 자유사상가들을 위한 또 하나의 낙원이 있을지도 몰라. 어떻게 생각해? 철학자와 시인들, 지조를 지킨 사람들, 다시 말해서 나 같은 추방자들이 있는 합리적인 낙원 말이야!"

록산이 애원했다.

"제발 죽지 말아요. 사랑해요!"

그 순간 시라노가 잠시 머뭇거렸다. 고개를 갸우뚱한 채 뭔가 기다리는 듯했다. 그러더니 한없이 희미한 미소를 머금었다.

"틀렸어. 보다시피 마법은 실패로 끝나버렸어. 미녀가 '사랑해요' 하고 말하면 야수는 곧 잘생긴 왕자로 변해야 하잖아. 그런데 난 아직도 그대로야."

록산이 그의 관자놀이에 입을 맞추었다.

"난 한평생 한 남자만 사랑했어요. 그런데 그 사람을 두 번이나 잃는군요."

그러자 시라노가 그녀를 나무랐다.

"그러지 마! 크리스티앙을 애도하는 마음을 덜어내선 안 돼. 좋은 사내였고 진심으로 널 사랑했어. 다만 내 몸이 식어버린 후 잠시나마 나를 위해서도 조금만 슬퍼해준다면……"

록산은 울지도 못했다. 마치 달빛이 그녀의 눈물을 다 말려버린 듯했다.

한편 시라노는 언제나 사물의 표면을 꿰뚫어보는 눈을 가진 사람이었다. 이제 그의 두 눈은 산 자들이 볼 수 없는 것들을 보게 되었다. 사신이 정원으로 들어왔다. 이를 드러내고 씩 웃는 그 해골에는 크기와 모양을 따질 것도 없이 코가 아예 존재하지 않았다. 그리고 사신의 등뒤에는 시라노가 처음 칼을 찬 이후부터 그를 졸졸 따라다니며 괴롭혔던 백 명의 자객들이 있었다. 거짓, 불의, 위선, 허언, 편견, 부패, 타협…… 그들은 저마다 숨어서 시라노를 노려보며 돌처럼 허연 넓적다리뼈에 써억써억 칼을 갈아 면도날처럼 날카롭게 만들었다. 시라노의 두 발은 돌덩이처럼 무거웠고 두 손은 납장갑을 끼고 있는 듯했다. 그러나 그는 벌떡 일어나 칼을 뽑았다. 발밑의 땅이 바닷물처럼 출렁거렸다.

록산과 라그노가 부축하려 했지만 시라노는 그들을 뿌리쳤다.

"안 돼! 아무도 도와주지 마. 아무도! 이건 나 혼자 할 일이야. 더 어려운 싸움도 해봤다고!"

그러더니 한 손으로 밤나무 줄기를 짚고 마구 칼을 휘두르기 시작했다. 그러면서 희미하게 보이는 마귀들을 조롱했다.

"마지막엔 네놈들이 이기겠지. 나도 알아. 그래도 끝까지 싸우다가 죽겠다!"

나무 우듬지에 일렁이는 밤안개처럼 가냘픈 목소리였고 고통에 겨워 일그러진 얼굴이었다.

"그리고 오늘밤 나는 천국의 문 앞에서 멋들어지게 절을 할 텐데, 그때 뭔가 멋진 걸 바쳐야겠지! 이 초라하고 보잘것없는 인생보다 오래가는 것, 그리고 더 찬란하게 빛나는 것을!"

달을 가리키던 검이 그의 손을 빠져나오면서 번쩍 빛났다. 다음 순간 시라노도 땅에 쓰러졌다.

록산이 그의 머리를 두 팔로 감싸안고 그의 입술에 입을 맞추었다. 그가 이미 죽었다고 생각했다.

"그게 뭐죠, 내 사랑? 뭔지 말하지 않았잖아요! 천국의 문 앞에서 뭘 바치겠다는 거예요?"

그러자 시라노가 한 번 더 눈을 뜨더니 대답할 말을 음미하는 듯 승리의 미소를 지으면서 말했다.

"내…… 파나슈!"

그러자 달빛으로 희게 물든 나무들이 바람결에 술렁거리며 마치 쓰러진 영웅을 짊어지는 전사들처럼 그 한 마디 말을 높이 높이 들어올렸다.

파나슈! 파나슈! 파나슈!

옮긴이의 말

이 책은 17세기 프랑스의 실존인물 시라노 드 베르주라크(Cyrano de Bergerac, 1619~1655)의 파란만장한 삶과 사랑을 그린 소설이다.

시라노라는 인물이 대중에게 널리 알려진 계기는 프랑스 작가 에드몽 로스탕(Edmond Rostand, 1868~1918)의 희곡 「시라노 드 베르주라크」였다. 1897년에 초연된 이 작품은 실존인물 시라노의 생애에 바탕을 두었으나 그 내용의 대부분은 작가의 상상이다. 초연 당시부터 선풍적인 인기를 끌었던 이 작품은 그후 연극은 물론 텔레비전 드라마, 영화, 오페라, 발레, 동화 등으로 무한 변주되면서 프랑스의 영웅 시라노를 전세계에 널리 알렸다. 그리고 이제 한 영국 작가의 손에서 시인검객 시라노가 다시 태어났다.

영국에 「로미오와 줄리엣」이 있다면 프랑스에는 「시라노」가 있다. 이 책은 로스탕의 희곡을 소설로 재구성했지만 희곡에서 직접 빌려온 것은 등장인물의 성격과 줄거리 정도일 뿐, 구체적인 내용은 작가 제럴딘 매코크런의 순수 창작물이다. 예컨대 극장에서 코에 대하여 말장난을 하는 장면은 희곡에도 있었지만 각각의 표현은 모두 달라졌다. 그리고 신화와 성서 등을 자세히 알아야만 이해할 수 있는 부분들을 대폭 정리하여 간략하게 다듬었다. 영국인이 훔쳐낸 프랑스의 영혼이랄까. 프랑스 문화와 시대적 상황을 잘 모르더라도 쉽게 이해할 수 있도록 배려한 점이 돋보인다.

주인공 시라노는 문학적 재능과 비범한 칼솜씨를 지녔지만 남달리 거대한 코 때문에 사랑하는 여인에게 고백조차 하지 못한다. 그의 코는 희극적 요소인 동시에 비극적 요소인 셈이다. 사랑하는 여인을 다른 남자에게 보내야 하는 시라노의 번민을 보면서 우리는 어느새 그의 편이 될 수밖에 없다. 결점 없는 사람이 어디 있으랴.

작가가 서두에 붙인 설명처럼 이 책에서 자주 언급되는 '파나슈'라는 말에는 여러 가지 의미가 있다. 원래는 모자나 투구에 꽂는 장식용 깃털인데 여기서 다양한 문화적 의미가 파생되었다. 이를 우리말로 바꾸지 않은 까닭은 영국인 제럴딘 매코크런이 굳이 프랑스어를 사용한 이유와 같다. 이 낱말의 의미망이 너무 넓어 한 단어로는 번역이 불가능하기 때문이다. (그래서 「시라노」 이후 영어권에서도 이 말을 널리 사용하기 시작했다.)

그러나 번역을 끝마친 지금 한 가지 의미를 고른다면 그것은 '명예'다. 죽음 앞에서도 지켜야 하는, 죽음 뒤에도 버릴 수 없는, 그리고 삶보다 더 빛나는 명예. 언제나 불의와 부조리에 맞서 싸웠던 시라노의 생애를 돌이켜보면 그 말의 무게가 더 깊이 와 닿는다. 소설의 결말에서 시라노의 부르짖음이 짧지 않은 여운을 남기는 까닭이다.

독자 여러분이 이 작품의 줄거리만 따라가지 말고 부디 문장 하나하나의 상징과 비유, 그 속에 숨겨진 의미까지 남김없이 음미하기를 바란다. 이 작품은 어쩌면 소설이라기보다 장편 산문시에 가깝기 때문이다.

작지만 단단하고 아름다운 작품이라서 분량에 비해 힘겨운 작업이었지만 매력적인 주인공과 더불어 내내 즐거웠고 마지막엔 나도 울었다. 사랑과 우정을 이보다 더 애절하게 표현한 이야기가 있을까.

김진준

지은이 **제럴딘 매코크런**

1951년 영국 런던에서 태어났다. 엔필드 카운티 스쿨을 졸업하고 캔터베리의 크라이스트처치 칼리지에서 교육학 학위를 받았다. 영국 최고의 청소년 소설가로 꼽히는 그녀는 카네기 메달과 가디언 상, 휘트브레드 청소년 문학상 등 수많은 상을 휩쓸었고, 2010년 영국 왕립 문학회의 회원으로 선출되었다. 주요 작품으로 『새빨간 거짓말』 『천사보다 조금 아래』 『황금 먼지』 『돌아온 피터팬』 『새하얀 어둠』 등이 있다.

옮긴이 **김진준**

연세대학교 사회학과 및 영문과를 거쳐 마이애미 대학원에서 영문학을 전공했다. 살만 루슈디의 『분노』 번역으로 제2회 유영번역상을 수상했고, 『악마의 시』 『유혹하는 글쓰기』 『한밤의 아이들』 『조지프 앤턴』 『롤리타』 등을 번역했다.

문학동네 세계문학

시라노

1판 1쇄 2011년 6월 27일 | 1판 3쇄 2019년 11월 11일

지은이 제럴딘 매코크런 | 옮긴이 김진준 | 펴낸이 염현숙

책임편집 박아름 | 편집 양수현 | 독자 모니터 이원주
디자인 이경란 이원경 | 저작권 한문숙 김지영
마케팅 정민호 정진아 함유지 김혜연 박지영 김수현
홍보 김희숙 김상만 오혜림 지문희 우상희
제작 강신은 김동욱 임현식 | 제작처 영신사

펴낸곳 (주)문학동네
출판등록 1993년 10월 22일 제406-2003-000045호
주소 10881 경기도 파주시 회동길 210
전자우편 editor@munhak.com | 대표전화 031) 955-8888 | 팩스 031) 955-8855
문의전화 031) 955-8896(마케팅) 031) 955-2654(편집)
문학동네카페 http://cafe.naver.com/mhdn | 트위터 @munhakdongne
북클럽문학동네 http://bookclubmunhak.com

ISBN 978-89-546-1516-7 03840

www.munhak.com